JN083562
Maledics, Licht & Henriette
「おれが殺す愛しい半魔へ」

おれが殺す愛しい半魔へ

かわい恋

キャラ文庫

この作品はフィクションです。
実在の人物・団体・事件などにはいっさい関係ありません。

目次

口絵・本文イラスト／みずかねりょう

Prologue

――満月の夜は、魔物が興奮しているからね。外へ出てはいけないよ、リヒト……。


いーい天気だなぁ。

と、リヒトは店先から晴れ渡る空を見上げた。抜けるような青空が遠くまで広がっていて、初夏のさわやかな風が甘い花の香りを運びながらリヒトの鼻をくすぐっていく。

これだけ晴れていたら、きっと月がきれいに見えるだろう。今夜は満月だから、月見はできないけれど。

こんなにいい天気なら店番をするより遊びに行きたい。友達とみんなで原っぱでボール遊びをしたり、川で魚取りをしたり。

十歳の動き盛りの体には、店番なんて退屈極まりない。店の奥で座っているリヒトの祖母も、居眠りをしてこっくりこっくりしている。

「こんにちは。お父さんとお母さんいるかしら？」

ちょうど配達品の梱包が終わったところで、料理屋の女将が娘を連れてやってきた。

「すいません、今用事で出ちゃってて。すぐ戻って来るんで、座って待っててもらえますか？」

女将は困った顔で、手を引いている娘をちらっと見た。

「じゃあ……、出直そうかしら……」

娘は五歳くらい。とても活発な子で、とにかくあちこち動きたがる。気を引けるおもちゃがあればいいのだが、子どもらしくすぐに飽きてしまって、女将はいつも手を焼いている。今も店内の商品を手に取りたがって、じっとしていられない様子だ。女将がぐいぐいと娘の手を引っ張って自分に引き寄せている。

リヒトは今使っていた梱包用の赤い革ひもの半端を手に取ると、娘の前にしゃがんだ。

「これ、お母さんに髪の毛に編み込んでもらいなよ。こないだ町でお姉さんがやってるの見かけたんだけど、めっちゃくちゃ可愛かったよ」

リヒトの提案で、店の革ひもはカラフルに着色されている。梱包に使うだけのひもだが、きれいな色が入っていることで客にたいそう評判がいい。特に女性客は、このひもがあるだけでリヒトの店を贔屓にしてくれるほどである。

娘は目をきらきらさせて、革ひもを手に取った。

「おかあさん、やって！」

女将はホッとした表情で、椅子に座って娘を自分の前に立たせた。

髪を編み込むのに時間が取れる上、子どもも動かずにいられる。我ながらなかなかいい方法だと満足した。子ども向けにこんなサービスもいいかもしれない。父に提案してみよう。

店先に飾ってある美しい金の縁取りのカップに釣られ、腕を組んだ若い男女が店に入ってきた。女性は繊細な意匠のカップに釘づけになり、

「このカップ素敵！　これでお茶を飲んだら、きっと美味しいでしょうね。ねえ、結婚の記念にこれ買ってよ」

男性にねだる。

しかし、このカップは外国製でとても高価なものだ。

案の定、男性は値段を聞いて困り顔をした。

「いや、うん……、買ってあげたいのはやまやまなんだけどさ……、こないだ指輪も買っちゃったし……」

二人を見ていると、どうやら男性の方が女性にべた惚れらしい。女性は明らかに、「わたしにそんなお金をかけられないっていうの？」と言いたげな表情で、男性を睨む。

リヒトはにかっと笑いながら、男女を見上げた。

「お姉さん、男前にお金と権力がないのは昔っから相場でしょ。お兄さん、こんだけ男前なら

そりゃ仕方ないよ」

リヒトの軽口に、機嫌を損ねかけた女性もつい笑いだす。

「顔はお金じゃ買えないけど、お金はあとからいくらでも稼げるんだから、カップを手に入れるのがちょっと先になるだけの話だよ。男前は一生の宝だもん」

「それもそうね」

女性は笑いながら、「しっかり稼いでよね」と男性の頬を指で弾(はじ)いた。

「じゃあさ、今のところは、こっちのペアのカップはどう？　合わせると一つの絵柄になって、守護石が埋め込まれてるんだよ。新婚のお二人にぴったり」

ペアのカップは高価ではないが、持ち手に愛の守護石と言われるラピスラズリの欠片(かけら)が埋め込まれた縁起のいい細工ものだ。

「あら、可愛い」

女性は気に入ったらしく、機嫌よくペアカップを買い上げた。男性は目線でリヒトに感謝を伝えながら、女性を伴って店を出ていく。

入れ替わりに父と母が店に帰ってきて、料理屋の女将にぺこりと頭を下げた。

「お待たせしてしまってすみません」

女将はにこにこ笑いながら、髪を編み上げた娘に鏡を手渡した。

「いいえ。おかげさまで、娘がご機嫌で。息子さん、商売上手ね」

父は破顔し、大きな声で笑う。

「こいつは要領がよくってね。頼もしい跡取りですわ」

そんなふうに言われると、リヒトも得意な気持ちになる。退屈な店番のご褒美に、今日は好物をおかわりしてもいいかなと思った。

「父さん、もう遊びに行っていい？」

リヒトはうずうずしながら父に尋ねた。

「父さんと母さんはこれから女将と話があるから、それが終わったらな。ほら、この注文品、揃えて伝票を貼っとけ」

父から新しい注文票を受け取りながら、ちぇ、と心の中で舌打ちをした。そこそこ長くなりそうだというのは、経験から知っている。

リヒトの家は主に陶器を扱う商売をしていて、父は仕入れと配達、母は接客と出納関係を担当している。リヒトは両親の手伝いだ。と言っても、七歳のときにはすでに一人で店番を任され、仕入れや配達にも同行し、今ではすっかり戦力の一員として数えられている。おかげで字も計算も得意だし、細腕だが見た目より力もある。店番も慣れたものだ。

リヒトは手際よく注文品を梱包して荷車に積み、代金の計算書をつけておく。

ただでさえ満月の日は早めに家に籠もらなきゃいけないのに、遊ぶ時間がなくなってしまう。

「満月って、そんな怖いもんかね」

大人たちはちょっと大げさなのではとすら思う。

もちろん、満月の夜に外に出てはいけないことは知っている。ただでさえ夜は魔物が徘徊しやすい時間なのに、さらに満月ともなれば魔物たちは最大限に興奮して人間を襲うという。

普段なら灯りを嫌い、護符を持っていれば近づいてこない魔物たちも、満月の夜だけは手に負えなくなる。だからどの家も、しっかりと扉を閉めて早々に眠りにつく。玄関や窓には魔よけの聖水を振りかけ、灯りは点けっぱなしで。

とはいえ、基本的に人間が密集している町なかにはめったに魔物は現れない。リヒトも森の近くや夕方にちらっと影を見たり、人間に捕まえられた小型の魔物が檻に入っているのを見たりしたことがあるくらいだ。

まあ、満月の夜だけは別なのだろうが。油断した人間が満月の夜に魔物に襲われた話はしょっちゅう聞く。でも自分の周囲の人間ではないので実感は湧かない。

ちょうど手が空いたところで、町の大きな神殿の神官長が訪ねてきた。

「こんにちは、リヒト。今日もいい天気だね」

「あ、神官長さま。こんにちは」

ぱっ、と顔を明るくした。

長い白髪と豊かな顎髭を持つ神官長のローマンは祖母の幼なじみで、家族ぐるみで世話になっている。リヒトも赤子の頃から孫のように可愛がってもらっている大好きな人物だ。

謹厳実直なローマンは、町の人々からとても信頼されている。今日は神殿で老人福祉会があるので、わざわざローマンが祖母を迎えに来てくれた。下の者に任せず自分で動く人であることも、町のみんなから好かれている理由である。

「ばあちゃん！　ばあちゃん、神官長さま来たよ。起きて」

椅子で居眠りをしていた祖母の肩に手をかけ、やさしく揺り起こす。祖母は目を開けると、ローマンとリヒトを交互に見た。

「こんにちは。今日は福祉会があるので、お迎えに来ましたよ」

ローマンがはっきりした声でゆっくり話しかけると、祖母は年齢にしては皺の多い顔をくしゃっとほころばせた。

今年六十歳になる祖母は、一年ほど前からときどき記憶や行動が怪しくなってきた。数年前に高熱で耳が遠くなったことが関係しているのかもしれない。それとともに足腰が弱ってきて、ちょっとした段差でつまずきやすくなっている。

ローマンに手を引かれて立ち上がった祖母は、にこにこ笑いながら話しかけた。

「今年はリヒトが収穫祭でお祝いをする歳でね」

「ばあちゃん、それもう何回も言ってるよ」

秋の収穫祭では、十歳の少年少女が節目の年齢として盛装で町を練り歩く慣習がある。そのため、みな十歳になると収穫祭用の服を誂えるのだ。普段はお下がりや中古の服ばかりの子どもたちも、この日ばかりは自分のためだけに新調してもらえる。リヒトも楽しみで仕方ない。

祖母がこの話をローマンにするのは数回目だけれど、いつも初めて聞いたように目を細めて喜んでくれる。

「それはおめでとう。リヒトは黒髪に黒い瞳だから、黄色みのない涼やかな青系が似合うんじゃないかな。楽しみだね」

孫びいきの祖母は、嬉(うれ)しそうに笑う。

「リヒトはきれいな顔をしてるから、なにを着ても似合うよ」

「ああ。リヒトは男前だったおじいさんの若い頃によく似ているからね」

「本当に。おじいさんと同じで、特に笑うとできるえくぼが魅力的でねえ。好奇心いっぱいでくるくる動く目なんか、猫みたいであたし大好きなんだよ」

リヒトは気恥ずかしくなって、強くない力で祖母の背をローマンの方に押した。

「ばあちゃん、いってらっしゃい。神官長さま、ばあちゃんをよろしくお願いします。夕方には迎えに行くんで」

「ああ。今日は満月だから、遅くならないうちにね」

ローマンは人好きのする笑顔を浮かべ、祖母に腕を貸して神殿に向かって歩き始めた。二人の背中を見ながら、一人で照れ笑いしてしまう。

きれいなんて、男に対する誉(ほ)め言葉じゃないと思う。でも可愛いと言われるよりはいいのかも。それに祖母がすごくリヒトを好きなことがわかるから、悪い気はしない。

まるで腕を組んでいるような二人を見送っていると、ローマンは若い頃リヒトの祖母を好きだった、なんて噂を思い出す。祖父はリヒトが生まれる前に亡くなってしまったから、自分にとってはローマンが祖父のような気がしている。

（神官長さまがじいちゃんだったら、嬉しいのにな）

祖父の姿をローマンに重ねて夢想していたら、正午の鐘が鳴った。ついでにリヒトの腹も鳴った。


早く寝たせいで夜中に目が覚めたリヒトは、ベッドの中でもぞもぞと寝返りを打った。

満月の夜は早く寝ろと両親に言われるが、そんなに早い時間から眠れるものではない。

「今何時だろ……」

つぶやいた独り言は、しんと静まり返った室内にむなしく響いた。夜中に目が覚めても、なにもできずに退屈を持て余す。早くもう一度眠りにつきたい。

だが、眠ろうとすればするほど目が冴えていく。朝まであとどれくらい時間があるのだろう。

窓の外から魔物が家の中を覗いているといけないから、カーテンを開けるのも禁じられている。

こんなことなら、昼間もっともっと体を動かしておけばよかった。そうしたら疲れて、きっと朝まで目覚めずに眠れたろうに。

今日は店番を命じられて、遊びに行けなかったせいだ。今度から満月の日はぜったい店番を免除してもらおう。もちろん勉強もだ。よく眠るために、昼間は体を動かさなきゃいけない。

活発なリヒトは、少なくとも月に一度は勉強も店番もしなくていい言い訳ができたぞと、ベッドの中でほくそ笑んだ。

「早く朝になんないかなぁ」

ぜんぜん眠れない。

普段は油がもったいないから夜は部屋を真っ暗にするのに、魔物避けのために今夜ばかりはオイルランプを点けっぱなしにしているので、眩しくて余計目が冴える。

なんで魔物は満月の強い光には興奮するのに、火や太陽は苦手なんだろう？　そう父に聞いたら、月光は冷たい光で、太陽や火は温かい光だからだとか。

たしかに月の光は温かくはないけれど。実際、魔物たちは夜に行動することが多いから、そういうものか、と思った。

「……なんか、のど渇いた」

しばらくベッドで悶々としていたが、どうにものどが渇いて仕方なくなった。夕食で好物の豆を食べすぎたのがいけなかった。

どうせ眠れないのだから、水を飲みに行くか。

「おっしゃ！」

無駄に元気よくブランケットを蹴り上げて、リヒトはベッドから飛び降りた。

オイルランプを手に取り、階段を下りていく。キッチンに入ろうとしたところで、玄関の扉が薄く開いているのに気づいてどきりとした。

「え、なんで……？」

ぞく、と背中が冷たくなった。

玄関は暗くなる前に父がしっかりと閉めて鍵をかけたはずだ。母とリヒトも確認した。

とにかく魔物が入ってきてはいけないので、リヒトは慌てて扉を閉めに走る。

扉の向こうの町はしんと静まり返っている。どの家も商店も扉を閉ざして、だが満月の光が降り注いで、町全体が死に絶えたような不思議な光景だった。

初めて見る町の姿に畏怖を感じ、音を立てないようそっと扉を閉めようとしたとき。

「あれ、ばあちゃん……？」

一階にある、祖母の部屋の扉が開いている。ランプを点けて寝ているはずなのに、部屋から明かりが漏れていない。

夏が近いというのに、背中にひやりと汗をかいた。

祖母はここ一年くらい、人や時間を間違えたり、食事をしたことを忘れてしまったりということがあった。それでも敬虔(けいけん)な祖母は、神の教えに背いたり満月の夜に出歩いたりするような、禁忌を破る行為は一切したことがない。だから両親も祖母を閉じ込めることはしなかった。

なのに……。

「父さん、母さん、大変だ！　ばあちゃんが外に出て行った！」

父母の寝室に向かって大声で叫ぶ。

二人はすぐにランプを手に部屋を飛び出してきた。父は険しい顔で扉の外を見た。

「どっちに行ったかわかるか?」

リヒトは首をぶんぶんと左右に振る。

「おれが起きてきたときはもう、玄関の扉が開いてて……」

「わかった。おまえは家にいなさい」

そう言うと、父と母は体に聖水を振りかけて護符を身につけ、剣を手にして外に出て行った。

扉のすき間から二人の背中を見る。急激に湧き起こる不安で胸が押し潰されそうになった。

果たして魔物に剣が効くのだろうか。気休めでも、ないよりはいいのかもしれないが。それより祖母だ。きっと護符も持たずに外に出てしまったに違いない。

自分がもっと気をつけていれば……。

思っていたより、祖母の老化が進んでいたことがショックだった。商売人として忙しい父母に代わり、幼いリヒトを育ててくれたのは祖母だったと言っていい。自分が誰より祖母と仲がよくて、誰より近くにいたのに――！

こうしている間にも、祖母が魔物に襲われている図が頭に浮かぶ。

居ても立ってもいられず、うろうろと扉の側を往復した。危ないと思っても、祖母の姿が見えはしないかと頻繁に窓の外を覗いてしまう。

星の光さえ霞んで見えないほどの強い月光が当たる建物の表面は、無機質に白々と輝いている。窓や戸の隙間から光が漏れているのが、静かな空間を逆に無人のように感じさせる。すべての景色が、絵のようにのっぺりとして見えた。

と。

数軒先の路地から顔を出して、ゆらゆらと揺れるような影がいることに気づいた。

目を凝らしてみれば、影はリヒトに向かって手招きしているようだ。あれは……。

「ばあちゃん！」

間違いない。

幼い頃は、よく祖母がおいでおいでとリヒトを手招きした。リヒトが喜んで駆けつけると、甘いお菓子や新しいおもちゃをくれるのだ。

きっと祖母の記憶はリヒトが幼児の頃に戻っていて、遊んでいるつもりなのだろう。

遠くへ行っていなかったことに安心して、リヒトは急いで祖母を迎えに出ようとした。

「あ、護符と聖水」

どんなに急いでいても、それだけは忘れてはいけない。

祖母はきっと持って出ていないだろうから早く迎えに行きたいけれど、無防備に出るのでは自分も危険だ。慌てて聖水を頭からかぶり、護符をつかんで外に飛び出した。

外で大声を出せば、魔物を呼び寄せてしまうかもしれない。駆け足で祖母の側に走り寄り、手を引いて囁いた。

「ばあちゃん、危ないよ。家に帰ろう」

だが祖母はちっとも動こうとしない。

祖母の目は、木の洞のようにぼんやりと中空を見つめている。

「ばあちゃん？」

ゆらり、と祖母の体が斜めに傾いだ。

え、と思った瞬間、

「リヒト、おばあちゃんから離れろ！」

横から投げつけられた父の怒鳴り声にびくっと体を揺らした。

祖母の背後に、黒々とした大きなものがのっそりとリヒトを覗いていた。いや――――。

「ひ……！」

闇の塊のような〝もの〟は巨大な体の中にすっぽりと祖母を呑み込んでいた。

祖母の頭と片腕だけが〝もの〟の体からはみ出て、ゆらゆらと揺れている。乾いて皺の寄った祖母の唇から、しゅぅぅぅ……、と空気が漏れるような音が出た。

「うわあああぁぁぁ――――……っ！」

「リヒト！」

父がリヒトを後ろから羽交い絞めにして体を引き離そうとする。だが祖母の手は、のりで接着したようにリヒトの手首をつかんでいて、力任せに〝もの〟の方に引き寄せられた。

「ば……、ばあちゃん！　はなしてよぉ！」

リヒトは半狂乱で泣き叫ぶ。

この〝もの〟が魔物なのだ。見世物として檻に入れられていた小さな魔物ではなく、満月に興奮を煽られた、人間を襲って喰らう凶悪な怪物。

「お義母さん！　リヒトを離して！」

母は泣きながら祖母の腕を叩き、爪を立てる。祖母の瞳は虚ろに暗く、もはやなにも映していないことが明らかだった。魔物に操られた祖母の力は強く、母が渾身の力で引っ張っても離れない。

「く……、母さん……！　許せ……！」

父が剣を振り上げる。

「……っ、……！」

が、年老いた大事な母をためらいなく斬り捨てられるはずもない。

一瞬の躊躇が命取りだった。

ざぐ、とも、ぞぐ、ともつかない、リヒトが今までに聞いたことのない肉をえぐる音を立てて、魔物から突き出た槍のようなものが父の胸を貫いた。

目と口を丸く開いた父の顔、背中ににょっきりと突き出る魔物の槍のような腕——父の手を離れた剣が地面に落ちるまでが、妙にゆっくりと目に焼きついた。

「きゃあああぁぁぁぁあっっっ！」

母の絶叫が耳をつんざく。

ごろん、と魔物から祖母の頭部だけが落ちて転がり、代わりに母の頭が魔物の中に消えた。

闇の塊が、咀嚼するようにもごもごと動いている。もはや叫び声すら出せなくなったリヒトの手首に、祖母の手だけがしっかりとしがみついている。その指に、亡き祖父が祖母に贈った結婚指輪が鈍く輝いているのだけが、やけに現実的だった。

恐怖すら麻痺して、リヒトはぼんやりと魔物を見上げる。

圧倒的な力を前にしての無力感。のどがひりついて、空気がうまく取り込めない。魔物から漂ってくる強烈な生臭さは、血の臭いなのだろうか。

路地の陰に隠れて魔物の顔などわからないのに、目が合ったと直感した。

つ ぎ は 、 お れ の ば ん だ

ひゅうっ、とのどが鳴った。

全身の力が抜け、頭の後ろから魂が抜けていくような錯覚に囚われる。

闇の塊の魔物が、さらに深淵のような口を開いた。

目を瞑ることも逸らすこともできない。これが自分の最期。

飲み込まれる――――と思った刹那。

「…………え……？」

目の前の闇が斜めに切り裂かれた。

闇が弾け、生温かい液体が全身に降りかかる。リヒトは突然地面に放り出された。

「つう……っ！」

体を打ちながら転がったせいで、痛みと衝撃に視界がぐらぐらと揺れた。

なにが起こったかわからず、それでも頭を振って顔を上げると、視界に一人の男が飛び込んできた。上半身に着衣はなく、ぴったりとした黒いズボンだけを身に着けている。

男は鞭のようにしなやかに腕を振るうと、長い爪で易々と闇色の魔物を切り裂いた。魔物から体液と思しき赤黒い液体が飛び散り、鼓膜をつんざく金属音のような悲鳴を上げる。

男は両手でがっしりと魔物の頭をつかんだ。リヒトには聞き取れない、なにごとかの言葉をつぶやく。

魔物の頭部がむくむくと膨らんだかと思うと、熟れすぎた果実のようにばしゃりと弾け飛んだ。魔物は動きを止めると、ずるずると地面に崩れ落ちる。

「い……、あ……」

男の上半身は魔物の体液でどろどろだ。両手を振って体液を振り払った男は、そのまま自分の腕でぐいと口もとを拭う。ちらりと、獣のような牙が覗いた。

男——いや、これは……、人間、なのだろうか？

腰まで届く白銀の髪が波打ち、ブロンズ色の肌には文様が浮かび上がっている。なにより魔物を切り裂く長い爪と尖(とが)った耳の形は、人間のものとは思えない。

男が、血のように赤い瞳で地面に尻もちをつくリヒトを見下ろした。

「……っ、ぁ………」

ちょうど満月を背にして浮かび上がった、形だけは人間のような夜の生きもの。筋肉に覆われた体に浮かぶ文様は恐ろしく、目を逸らせない。

顔立ちは逆光になってよく見えないが、切れ長の血色の瞳だけがぎらぎらと輝いていた。月の光と同じ色の髪をした男は長い爪から魔物の赤黒い体液を滴らせ、見下ろしてくる顔は笑っているのか、凄(すご)んでいるのか、それともなんの表情も乗せていないのか、わからない。息苦しくなるほどの威圧感に圧(お)し潰される気がした。

男が、リヒトに向かってゆっくりと手を伸ばす。

「ひっ……！」

恐怖で息が詰まった。男の手が止まる。

人間に似た姿をしているけれど、男も魔物に違いない。あの黒い魔物と獲物を奪い合って、男が勝った。どちらにしろ、自分は食われるのだ。

「や……、だ……」

逃げ出したいのに、手にも足にも力が入らない。尻から根が生えてしまったように動けないでいる。

まばたきもできず、男の赤い瞳を見返した。目を逸らしたら、少しでも動いたら、飛びかかって引き裂かれてしまいそうで――。

恐怖と緊張でじりじりと体温が上がっていくのがわかる。なのに手足の先が冷たい。全身にじっとりと汗をかき、いつの間にか呼吸も忘れていて頭がぼんやりしてきた。

このまま気を失ったら、食べられてしまう……。ああ、でも、もう意識が保てない……。

ぐら、とリヒトが倒れかけたとき、

「ぐ……っ」

突然、男が呻いて手を引く。

見れば、男の手を細く真っ白な矢が貫通していた。

「子どもから離れろ、魔人！」

凜とした声が響き、男が顔を上げてリヒトの背後を睨みつける。男は踵を返すと軽々と建物の屋根に飛び乗り、あっという間に姿を消した。

複数人の走り寄る足音が近づき、真っ白な神官服を着た青年神官たちに取り囲まれる。

「大丈夫か、怪我は⁉」

「みんな、聖水をありったけこの子にかけろ！」

まるで水桶をひっくり返したように、リヒトの頭上から聖水が降り注ぐ。魔物の体液が洗い流され、まつ毛に絡んだ水滴で視界が滲んだ。

「もう大丈夫だ」

大きな布に包まれて抱き寄せられたとき、リヒトの緊張と意識の糸が同時にぷつりと切れた。


父と母と祖母を焼いた灰色の煙が、同じような色をした曇天に登っていく。リヒトが追うともなく煙を眺めていると、次々に三人の顔が目の前に浮かんでくる。

いつもやさしくほほ笑んでいた祖母、厳しくも朗らかで酒好きだった父、社交的で料理上手で親切だった母。

でも――――。

「う……っ、おぇっ……」

突然もよおしたリヒトは、草の上にうずくまって胃の中のものを吐いた。

三人の最期が頭にこびりついて離れない。なにもできず、ただ怯えて縮こまっていただけの自分。たまたま魔物同士が獲物を獲り合って、運よく一匹を殺してくれた。町の警護に出ていた神官たちに見つけられて、リヒトだけが助かった。

あの後すぐに意識を失ったリヒトは神殿に運ばれた。洗っても洗っても鼻の奥によみがえる、血と魔物の体液の臭い。思い出すと嘔吐してしまう。

神官たちはリヒトの家族の死体を検め、清めてから棺に入れてくれた。見ない方がいい、とリヒトは別れの言葉もかけられなかったけれど。

「おれだけ助かってごめんね……」

魔物に殺された人間は、土葬してもらえない。万一穢れを落としきれなかったときは、死後に意思なく動き回るようになったり、死者を埋めた土地も穢れて魔物を呼び寄せてしまうから。

火は穢れをも焼き尽くす。完全に焼かれて灰になった家族なら、自分の家に連れて帰れる。

「ごめんね……、おれ、誰も助けられなくてごめん……」

自分はもう十歳で、野良犬を追い払ったり罠で獣を獲ることだってできる。だから、きっと魔物と出会ってももっと戦えると思っていた。

なのに現実はどうだ。戦うどころか、震えて泣いていただけだ。必死に魔物につかみかかった母親にさえ及ばない。

　胸の奥底から、痛みと悲しみが湧き上がって目の縁に盛り上がる。

「う……、う、ぁ…………、あああああぁぁぁ……っ！」

　ぼたぼたと、涙が零れ落ちていく。

　自分がもっと強かったら。もっと勇敢に立ち向かっていれば、違った結果になっていたかもしれない。

　どうしようもない後悔の念に苛まれて心臓が苦しい。

　力が欲しい。強い力が。魔物をことごとく叩き潰し、滅ぼせるほど強い力があれば。誰も死なずに済んだのに――――！

「ああ、あ、と、とうさ……、か、あ、さん……、っ」

　苦しくて、苦しくて、涙が溢れて呼吸ができない。このまま息が止まってしまうんじゃないかと思うほど。

　あの日からたった三日しか経っていないのに、もう何度泣き叫んだだろう。

　慟哭するリヒトの肩に、大きな手が置かれた。

「リヒト」

　慰めを含んだ声音で名を呼ばれ、リヒトは泣きすぎて赤く腫れた顔を上げる。

「し、神官長……、さま……」

ローマンが痛ましげな眼差しでリヒトを見ていた。ローマンは地に片膝をつき、リヒトの背を撫でた。

「ご家族のことは残念だった。わたしも、悲しみに胸を塞がれている」

魔物から救われたあと、リヒトは神殿に連れてこられた。温かい風呂とベッド、着替えと食事を与えられ、みなリヒトを労ってくれた。魔物の遺骸を検分し、リヒトの家族を火葬してくれたのも神殿だ。

手を差し伸べてくれる人がいる、助けてくれる大人がいる。今まで家族がそういう存在だった。そんな幸せに、失ってから気づいてまた涙が溢れた。

「リヒト、たくさん泣きなさい。きみがまた前を向いて歩くために。すべてを出し切ったら、また温かな気持ちを入れる空間ができる。人の心は、とても柔軟なものだよ」

いつかまた笑えるようになるなんて信じられない。強くなったら、この胸の痛みが和らぐのだろうか。

「う……、ぅぅ……っ、ひっ、く………」

嗚咽を続けるリヒトを抱き寄せ、ローマンは額に口づけを落とした。おやすみのキスをする父親のように。

「リヒト、よかったらこのまま神殿に身を寄せてはどうだね。きみの家の商売は、親戚が引き継ぐだろう。もちろんそちらに戻っても構わないが、きみが望むなら、神官候補として修行をする気はないか？」

　神殿は、養育者を失った子どもたちを養護する施設を兼ねている。神殿に身を寄せる子のほとんどは下働きだが、才能のある子は神官候補になることもある。

「おれが……、神官に……？」

　ローマンはリヒトの目を見てうなずいた。

「白魔術が、黒魔術や魔物に対抗する魔術なのは知っているだろう？」

「はい……」

　大きな神殿は神を祀る以外に、職業として聖職者を目指す人間が修行をするための学び舎も併設している。この町の神殿もそうだ。聖職者は白魔術を使う。

　白魔術は光の属性と呼ばれ、主に守護、回復、清め、邪気払いなど、人を助ける種類の魔術が基本である。そのため薬の調合や医術も含む。使役するのも妖精や精霊といった、比較的穏やかな生きものたちだ。

　対して黒魔術は闇の属性と呼ばれ、魔物と呪術師が使う。闇属性の魔物と契約しての呪い、禁術、毒薬や媚薬の調合も手がける。魔物は隙あらば人間を喰らおうとするので、黒魔術は術師の力が生死の分かれ目にもなる、危険な魔術なのだ。

「なにかを憎む気持ちは闇属性に陥りやすい。だが、相手が魔物ならば、魔物を打ち倒すための正義の力を磨くと思えば、自然と白魔術の鍛錬にも力が入るものだ。そうではないか？」

魔物を打ち倒す？　おれが？

「でも……、護符も聖水も効かなかった……」

家族を惨殺した魔物の姿を思い出す。両親もリヒトも、ちゃんと聖水を振りかけて護符も持っていた。それなのに、満月に狂った魔物の前にはなんの効果もなかった。

ローマンは辛そうに眉を寄せた。

「そうだね。低級魔物は近寄ることもできないけれど、ある程度以上の魔物には効果は薄い。だが白魔術で効力を増幅してやれば、聖水ですら素晴らしい武器になる。自分の手で、魔物を倒したくはないか？」

自分の手で……。

脳裏をよぎったのは、丸い月を背にして立つ、人型の魔物だった。家族を簡単に殺した闇の魔物を一瞬で切り裂いた、地獄の住人のような男。あの男ですら、神官の放った矢には怯んで逃げていったではないか。神官たちが来なかったら、自分も食い殺されていたに違いない。

ずっと、魔術なんて自分には関係のない技能だと思っていた。自分は父の後を継いで商売人になると思っていたから。

けれど神官になれば、白魔術が使えるようになれば、魔物たちに復讐できる？

涙が渇いていくのを感じた。代わりに腹の底から、怒りと希望の入り混じった熱い炎が、静かに立ち昇ってくる。

家族を惨殺した魔物を、絶対に許さない。

「……おれにも、倒せますか?」

ローマンは深くうなずいた。

「もちろん。きみにやる気さえあれば、修行でどんどん力を伸ばせる」

「じゃあ、やります」

即答した。

あの男みたいに強くなる。

いや、あの男を倒せるくらいに強くなる。そしていつか、魔物を根絶やしにするのだ。

「決まりだな、リヒト。きみは今日から神殿の子、ひいてはわたしの子も同然だ。励みなさい」

「はい」

神官長に手を取られて立ち上がり、あらためて空に流れていく煙を眺める。天に昇る家族を見送りながら、あの男の姿を思い浮かべた。

「神官長さま」

「なんだね?」

「人間の姿をした魔物がいたでしょ?　神官さまたちがおれを助けてくれたとき、おれの側にいた魔物」

「ああ……、マレディクスか。わたしは神殿に残っていたが、警護に出ていた神官たちから聞いたよ。きみが襲われそうになっていたと」

マレディクス――呪い、邪悪という意味だ。

「そういう名前なんですか？　それとも種族？」

ローマンは眉間に皺を寄せ、まじないのように胸の前で印を結んだ。

「わたしたちはそう呼んでいる。あれには種族などない、単体の魔物だよ。忌むべき魔物と人間の間にできた、汚らわしい半人半魔……魔人だ」

目を見開いた。

魔物と人間の間にできた子？

聞くだけでぞっとした。魔物の子を産んだ人間がいるというおぞましさに。

「その……、マレディクス、は……、強いんですか？」

もしかしたら、家族を襲った魔物も神官にとっては特別強い種族ではなく、マレディクスも大したことはないのかもしれない。自分が判断できないだけで。

だがローマンははっきりとうなずいた。

「怪物だよ。魔物たちですら、マレディクスには近づかん。奴(やつ)は常に一人で行動する。森の中に住んでいてめったに出てこないが、満月の夜だけは目撃情報が多い。半魔とはいえ、さすがに魔物の血が騒ぐのだろうよ」

ローマンは彼の話をすること自体が汚らわしいというように、厳しい顔をして首を振った。

「さあ、マレディクスの話はもう終わりだ。家族のために祈りなさい。灰は美しい壺に入れて、暖かい光の注ぐ墓地に埋めてあげよう」

「ありがとうございます、神官長さま」

リヒトがうなずくと、ローマンは眉間の皺をほどいてやさしくほほ笑んだ。温かい目をして、大きな手でリヒトの頭をくしゃりと撫でる。

「神殿には兄弟がたくさんいる。一緒に修行をすれば、刺激し合えるだろう」

「はい」

ローマンに肩を抱かれて、神殿に向かって歩き出す。

きっといつかマレディクスも倒せるくらいに強くなる、と心に誓って。

1

教師が部屋に入ってくると、ぴんと室内の空気が張りつめた。

部屋は前方と後方で生徒がはっきりと分かれて座っている。前方は上級神官候補、後方は一般神官候補の見習いたちだ。

それまで互いに存在を意識しないふりをしていた上級神官候補と一般神官候補たちは、一斉に教師に視線を送る。

教師は教壇に立つと、生徒たちを見回した。

「先日の試験結果を発表する」

ごくり、と生徒たちが息を呑む音がした。

リヒトは全員の意識が自分に向いているのを感じながら、誰とも目を合わせないよう前を向いている。

教師が口を開いた。

「おめでとうリヒト。今回もきみがトップだ」

わっ！　と一般神官見習いたちが手を叩く。

「やったな、リヒト！」

「さすがだよ！」

一般神官見習いたちの得意げな視線を受け止める上級神官見習いたちは、憎悪といっていい空気をリヒトに向かって投げつけている。

リヒトにしてみれば、他人の成績で得意げになっている一般神官見習いたちもどうかと思うが、気持ちはわからないでもない。

一般的に神官と呼ばれる大多数は庶民や養護施設の出身だが、上級神官は貴族出身の人間が多い。血筋によってそもそもコースが違うのは、軍隊でも神職でも変わらないらしい。

上級神官候補は選民思想の強い者が多く、下々の人間と口をきこうとしない。庶民出身の神官候補たちは、身分をわきまえて大人しくしているか、反感を持って貴族を毛嫌いしているものがほとんどだ。

上級神官は主に大きな神殿内部で働き、祭祀（さいし）を司（つかさど）ったり神官たちを管理したり、人脈を利用して貴族たちと交流したりする。肉体労働や町に出ての布教活動、神官の定員が一、二名の辺鄙（へんぴ）な地方神殿に派遣されたりするのは、一般の神官たちである。

とはいえ、上級神官候補も見習いのうちはひと通りの仕事を経験する。同じ教室で学び、薬を調合し、試験も同時に受ける。

だが上級神官候補は日々の掃除や料理やおつかいといった雑事、体術訓練を免除されているので、勉強の時間が存分に取れる。そのぶん、試験では彼らの方が高得点を取りやすい。

ところがリヒトだけは、毎回試験でトップを取り続けている。八年前に神殿に入って以来、座学でも魔術でもほとんどの試験で独走状態だ。

誰もリヒトに追いつけない。少しでも早く一人前になって、魔物を殺したいと切望するリヒトには誰も。

「あ、見つけた」

木の根もとに目当ての植物のつぼみを見つけたリヒトは、しゃがみ込んでそれを摘んだ。

春先の森は、さまざまな種類の薬草に溢れている。ついでに甘い花の蜜も吸ったりして、ちょっとしたピクニック気分で森の中を歩いた。

森に分け入るのは、主に薬草の採取のためだ。薬師も兼ねる神官にとって、薬草採取は大事な仕事のひとつである。

一般的な薬草は神殿のハーブ園でも栽培しているが、魔草と呼ばれる一部の植物は栽培に向かず、大地の力の溜(た)まった場所に生えていることが多い。

わかりやすいのは、魔物が暮らす森の中、泉のそば、洞窟などの吹き溜まりである。珍しい魔草は高値で売れるので、命懸けで森に入る人間もいる。

「リヒト。先週あっちの岩場に、ヒトツメクサが群生してたでしょ。行ってみない？」

同い年の神官見習い、カウゼルに背後から声をかけられ、リヒトは薬草を採取する手を止めて振り向いた。カウゼルはリヒトが八年前に神殿に入ったときに最初に友達になった少年で、以来ずっと親友である。

カウゼルは薄茶色の巻き毛に薄茶の瞳を持ち、真っ白な肌は皮膚が薄く、そばかすが透けて見える。本の虫で知識は豊富だが、体を動かすことはあまり得意ではない。小柄で線が細くて、神官服がだぶついて見えるほどだ。

日に焼けた肌を持つ黒髪黒目のリヒトと並ぶと、まるで白と黒だとからかわれることもある。リヒトは剣術や力仕事も得意なので、細身でもしっかりと滑らかな筋肉が乗っているから、余計に対比が目立つ。

「いや、あいつらもう警戒して移動してるだろうから、多分いないと思うぜ」

ヒトツメクサは、中心に大きなひとつ目があるように見える眼状紋を持つ魔草である。植物と魔物の中間の存在で、植物の形をしているが歩行可能なことが特徴だ。視力の衰えや目の病気に絶大な効果を発揮するので、高値で売れる。

ちなみに魔物には動植物と変わらない実体があるもの、闇から闇へ移動して神出鬼没なものの二種類がある。やっかいなのは断然後者だ。知らないうちに家の中にいたりする。

カウゼルは残念そうに、少し上向いた鼻を爪の先で引っかいた。

「だよねぇ。じゃ泉まで行くのはさすがに危険だと思う？」

強い魔物の棲み処付近は周辺の土地の魔力も強くなり、珍しい魔草も増える傾向がある。そのため、危険を承知で貧しい村人や商人が探しに行くことも多い。

「やめとけって。ウンディーネがいたら危ないだろ。おまえなんかすぐ泉に引きずり込まれちまうぞ。泳げもしないのに」

カウゼルはまったくといっていいほど泳げない。

「そりゃリヒトみたいに運動も魔術も完璧な人なんて、そうそういないでしょ」

カウゼルは唇を突き出して、拗ねるふりをした。

「努力してんだよ」

リヒトは笑いながら、摘んだばかりの白い花のつぼみをくるくると手の中で回した。すると途端に花弁が開き、香しい芳香を漂わせ始める。植物の生長を促進させる白魔術のひとつだ。

簡単にやってみせたが、生物の時間を進めるのはかなりの高等魔術である。使えるのは神官の中でもほんの数名、ましてや見習いの中ではリヒトだけだ。

カウゼルもすぐに唇をほころばせた。

「知ってる。八年もきみと机並べてんだから」

リヒトより半年早く神殿に入ったカウゼルは、貴族の末息子である。家の仕事も土地も財産も継げないので、神官になるべく神殿に入れられたという。

リヒトが神殿に入って最初の試験で上位に食い込んだときの、貴族出身の少年たちの驚いた顔、リヒトに向けられた怒りの視線は忘れられない。

そんな中で、上級神官候補でありながらカウゼルだけが素直にリヒトを称賛してくれた。

『きみ、すごいね！』

そばかすだらけの白い頬を紅潮させ、薄い色の瞳をまん丸に見開いたカウゼルの表情は今でも覚えている。

『うち、商売やってたから。計算と読み書きはすげえ叩き込まれたんだ』

店番をするにも、無知ではなにもできない。

客の顔を覚え、商品知識を蓄え、素早く計算し、ついでに人懐こい笑顔と機転の利いた会話で別の商品も勧めたりする。そんなことはものごころついたときから自然にこなしてきた。

そういった話をすると、カウゼルは興味津々であれこれ話を聞きたがった。リヒトの家族が魔物に殺されたことを聞くと、鼻を赤くして一緒に泣いてくれた。そのときからの親友だ。

「あーあ、来年にはぼくたちも正神官かぁ。そうしたらこうやってリヒトと薬草摘みに来ることもなくなるんだね」

カウゼルは頭の後ろで両手を組んでぼやく。

上級神官になると外に出る活動はぐっと減り、一般の神官となるリヒトとは仕事が別になる。

十八歳の十月には試験を受けて、翌年から正式な神官となる。

リヒトはいたずらっぽく笑いながらカウゼルをからかった。

「つーか、カウゼルは正神官試験に合格するのが先だろ」

「馬鹿にすんなって」

カウゼルも笑いながらリヒトの肩を小突く。

座学はまあまあのカウゼルだが、魔術は才能に恵まれず今一つだ。とはいえ、上級神官が試験に落ちることはまずない。形式上の筆記と面接があるだけだから。

こうやって軽口を叩けるのも、見習いの間だけだとわかっている。正神官になれば、リヒトは地方神殿に配属されるかもしれない。

もの寂しい気持ちを、笑って冗談で包み込む。

ふ、とカウゼルが真顔になった。

「ねえ。ぼくたち、正神官になっても友達でいようね」

きゅっ、とリヒトの胸が搾られる。同じ気持ちを、少年らしい共鳴で感じている。

この先進む道が違ってしまうのはわかっていても、今この瞬間、そうしたいと思った気持ちは本物だ。

嬉しくて、鼻の奥がつんと痛んだ。ありったけの思いを込めて、短い言葉で返事をする。

「ああ」

カウゼルは照れたように顔をほころばせた。

「約束だよ」

「わかってるって」

カウゼルは小鹿のように、リヒトの周りをぴょんぴょんと跳ねた。

「ていうかさ、リヒト上級神官試験受ければいいじゃん！　リヒトなら絶対合格するよ！」

一般の神官の中で、特に優秀な者は試験を受けて上級に異動することがある。

かなりの実績と難関試験の突破が必要だが、そのぶん一般から上級に異動した者は神殿内でも一目置かれる存在になる。実質、神殿の実務を担っているのは、そういった優秀な異動者が多い。神官長のローマンもリヒトに期待していることは、ひしひしと感じている。

「ありがと、カウゼル。でもおれ……」

言いかけたとき、森の奥から「きゃあっ」という少女の悲鳴が聞こえた。

ばっ、と振り向き、カウゼルと同時に弾かれたように声に向かって走り出す。

「リヒト、あそこ！」

すぐに、巨大な触手樹の蔓（つる）に絡みつかれている幼い少女を見つけた。木の実か薬草を採りに来たのか、足もとに藁（わら）で編んだ籠が落ちている。

少女はリヒトとカウゼルに向かって手を伸ばした。

「たすけてぇ！」

触手樹に怯んだカウゼルが息を呑む。

「やば、リヒト……、こいつ大きいよ、神官を呼んで来よう」

触手樹はかなり年数を経た魔物のようで、苔むした太い幹は乾ききり、たくさんの瘤と皺で覆われ、オオオオオ……、と風が吹き抜けるような音を立てている。少女に食い込む蔓がきつくなり、苦悶の表情に変わる。

このままでは少女が絞め殺されてしまう！

「そんなことしてる時間ない！　カウゼル、火打ち石持ってるか⁉」

魔物、特に植物系のものは火に弱い。火種があれば、それを魔術で増幅して樹を燃やすことができる。

「聖水しか持ってないよ！」

それじゃこの大きさの魔物には足りない。

火をおこす魔術はリヒトが使えなくもないが、それを増幅するための二重魔術が使えない。火をおこすか、増幅するかのどちらかだ。一気に燃やし尽くすほどの火炎でなければ、少女が先に絞め殺されてしまう。

魔術が不得手なカウゼルには、火種も増幅も期待できない。ならば今打てる最善手は……。

「くそっ！」

懐剣を取り出し、少女を締め上げる蔓を斬りつける。ぶじゅっ、と嫌な音がして、蔓から暗緑色の樹液が迸った。弾力はあるが、普通の木の蔓のように乾いて斬りにくくはない。

たちまち他の蔓が伸びてきて、リヒトの四肢を搦め捕る。

「リヒト！」

カウゼルが叫んだ。

「く……」

なんとか腕を伸ばし、少女の手足の蔓を切り裂く。だが地面に転がり落ちた少女はすでに体に力が入らないのか、逃げられずに震えている。

「カウゼル……、この子を……」

目の端で捉えたカウゼルは、蒼白な表情のまま立ち尽くしていた。恐怖で動けないのだ。

首や胴体にまで巻きついてきた蔓が、リヒトの体を樹の方に少しずつ引きずっていく。

家族を殺された日の自分が脳裏をよぎる。

自分もああだった。怯えてなにもできず、ただ家族を見殺しにした。

腹の底からふつふつと怒りがよみがえると同時に、頭の芯は妙に冷静に落ち着いて行った。

(もうあの頃のおれじゃない……！)

自分に巻きつく蔓を両手でつかみ、全神経を集中させる。

送り込む。

時計の針を強引に進めるように、生命の時を急速に先へ先へと押し流すイメージを。手のひらから、樹全体へ。

額と手のひらが熱くなり、膨らませた魔力が奔流となって触手樹に流れ込んでいく。

「ウ……、ウウゥゥ……、ッ……」

触手樹全体がぶるぶると震えだす。

全力で、持てる魔力のすべてを注ぎ込んだ。魔力体力が尽きることを心配する余裕はない。負ければ食われるのみ。持てる力はすべて出せ！

「ヒィイイ……、ヒゥウ、ウウウウ――………」

なにが起こっているのかわからないと言いたげな魔物が戸惑いの声を上げ、困惑を表すように枝葉を左右に揺らした。リヒトを締め上げていた蔓の力が徐々に弱まり、葉がばらばらと落ち始める。

一気に形勢が逆転した。

魔力を注ぎ続ければ、樹は葉を失い、皮が剝がれ落ちていく。みるみるうちに水分を失って、やがて「キィ……」と軋んだ声を上げると動かなくなった。

力を失って地面に落ちた蔓から解放されたリヒトも、魔力を使い果たして膝をつく。肩で息をするほど呼吸を荒らげ、地面に倒れ込んだ。

老木だったのが幸いした。若木だったら、枯れさせるまで魔力が持たなかったかもしれない。

「リ、リヒト……、大丈夫……？」

おずおずと近づいてきたカウゼルが、リヒトの側に両ひざをつく。

「カウゼル……、あの子は……」

無事か、と乾いた唇で尋ねると、カウゼルは青い顔のまま唾を飲んだ。

「それが……」

「え……」

嫌な予感がしてなんとか体を起こし、少女を見て衝撃を受けた。

蔓を断ち切ったはずの少女はからからに干からびて、萎んだ果実のように茶色くなって地面に転がっていた。

「なんで……」

「リヒト、あれ見て……！」

カウゼルが叫びを上げる。

指差した方を見ると、触手樹の根もとの木の洞に、少女が着ていた服と同じ色の布がはみ出していた。

カウゼルと顔を見合わせ、おそるおそる洞に近づいて中を覗き込む。

「そんな……」

少女のものと思しき骨と服が、丸くなって詰め込まれていた。

そしてやっと思い出す。触手樹の中には、過去に捕らえた獲物の複製を囮として作り出す種類の魔物がいることを。自分で動けないから、その手法で次の獲物をおびき寄せるのだ。

そうして助けに来た人間も、まんまと触手樹に食われることになる。少女の悲鳴も「助けて」の懇願も、おそらく少女が襲われたときに上げた声の模倣。

よく見れば、地面に落ちている藁の籠も風雨にさらされて薄汚れている。何ヵ月も前のものなのだろう。気づいてみれば少女の服も春のものではない。

少女の叫び声が耳の奥にこだまする。

――――助けて！

悔しい。

今、目の前でなくとも、あの子は魔物に襲われて食われたのだ。魔物さえいなければ、そんな恐ろしい最期を味わわせずに済んだのに。

リヒトは唇を噛みしめ、握った拳を震わせながら声を絞り出した。

「カウゼル」

隣でカウゼルがびくっと体を揺らした。

「おれは……、魔物を根絶やしにしたい……。だから上級神官にはならない。ずっと自分の足で動いて戦える普通の神官でいたい」

「リヒト……」

カウゼルを見ると、泣きそうな顔でリヒトを見ていた。

「ごめんね、ぼく……、な、なにもできなくて……、リヒトも、危なかったのに……。リヒトになにかあったら、ぼく、ぼく……」

今のカウゼルは、あの頃の自分だ。無力感と罪悪感に苛まれて、震えて後悔するしかできなかった自分と同じ。

リヒトは安心させるようにほほ笑みを浮かべると、カウゼルの肩を抱いた。

「おれみたいな思いを、おまえにさせないでよかった」

心からそう思う。もしも自分が負けていたら、カウゼルはリヒトと同じ辛さを味わっただろう。地獄の責め苦のような苦しさは、永遠に消えない。

「清めだけしておこうか」

聖水を取り出し、少女の遺骸に振りかける。清めの呪文を唱えると、少女の骨が喜ぶようにぽぅ、とかすかに発光した。

「これで大丈夫。他の魔物に骨を狙われることもないし、魂が苦しむこともない。苦しかったよな。長い間怖かったろ、ごめんな」

魔物に殺された魂は、そのままでは天に昇れない。白魔術で清めて、穢れを取り去ってやるのだ。

「神殿に戻って、このことを報告しよう。あの子の身もともわかるといいな。親が探してるかもしれない」

カウゼルはこくん、とうなずいた。

「帰ろう」

神殿への帰り道、魔物への新たな憎悪が溜まっていくのを感じた。


「警護隊に加わりたい？」

神殿に戻って報告を終えるなり神官長の部屋を訪れたリヒトの申し出に、ローマンはやわらかな白い眉をかすかに寄せた。ローマンの隣に控えていた副神官長のホレイショは、おや、という顔をする。副神官長は警護隊の責任者である。

「はい。ぜひお願いします」

警護隊は、満月の夜に徘徊する魔物たちから人間を守るため、神官たちが町を見回るものだ。幼いリヒトが助けられたのも、警護隊によってである。

警護隊を構成するのは神官の中でも体術、剣術、魔術に秀でた面々だが、それでも単独行動は禁止されていて、必ず複数人で行動する。

「しかしリヒト、きみはまだ正神官ですらない。少なくとも、見習いのうちは警護隊に加えるわけにはいかない」

「でもおれは一人で森の魔物を倒しました。充分討伐に加われると思います」

早く魔物を殲滅したい。助けられるかもしれない人がいるのに、ぐずぐずと時間を浪費していたくないのだ。

もっと強くなりたい。そのためには、実戦で鍛えるのが一番だと思う。

「そのことについては、素晴らしい活躍だったと認めよう。警護隊の面々と比べても、きみは同等以上だ」

「だったら……」

「だが規則は規則だ。充分鍛錬を積み、資格を得てから許可を出そう」

神殿の融通の利かなさに歯噛みする。

「資格ってそんなに大事ですか？　年齢で区切るなんてばかばかしいです。実力を見てください。神官の誰より強いとは言いません。けど、正神官にだって引けは取らないと神官長さまも認めてくれてるじゃないですか」

「リヒト」

ローマンは決して強い声音でなく、だが諭すように言う。

「自分の力を過信してはいけない。血気盛んな若者が先走って命を落とすのを、わたしは何度も見てきた。きみには実力がある。だがもっと経験が必要だ」

「だからその経験を積ませて欲しいとお願いしているんです！」

もどかしくて堪らない。

ローマンの言うように、リヒトに足りないのは経験だけだ。実力が充分なら、少しでも早い方がいいではないか。

「きみの気持ちはわかる。だが組織というものは、厳正な規則にのっとって運営されねばならない。一人の例外を認めれば綻びが出て、いずれ収拾がつかなくなる。焦る必要はないだろう。正神官になってからの方が人生は長い」

ローマンの言うことはわかる。わかるのだが……。

納得のいかない顔をしたままうつむくリヒトに、ローマンは宥めるようにほほ笑んだ。

「いいかい、リヒト。わたしはきみに期待している。きみはいずれ神殿の中枢を担う人物になるだろう。目の前だけでなく、きみ自身と神殿の未来の両方を考えて欲しい」

ローマンは厳格な人間だ。きっとどれだけリヒトが訴えても、考えを変えてくれることはないだろう。

ローマンは励ますように、リヒトの肩に手を置いた。

「十月の正神官試験まであとほんの半年だ。年が明けて正神官になったら、できるだけ早めに警護隊に入れるよう手配しよう。それまで即戦力として活躍できるよう、さらに力を磨きなさい。いいね」

「……はい」

見えない壁に周囲を取り囲まれているように、息苦しく感じた。

「ホレイショ副神官長、リヒトを部屋まで送ってあげなさい」

「はい、ローマン神官長」

ローマンに促されて神官長室を出ると、ホレイショに「行こうか」と肩を叩かれた。

神官長室から少し歩いたところで、ホレイショは気さくに笑った。

「神官長は規則に厳しい人だからねえ。私は正神官じゃなくてもいいと思うんだけど」

ホレイショは養護施設出身だが、最年少で一般神官から上級神官に異動した切れ者である。まだ三十そこそこながら次の神官長、そして最終的には王都の大神殿に異動するのではと噂されるほどの人物だ。下の者にも理解があって愛想がよく、神殿内にも彼の信奉者は多い。まっすぐな長い黒髪を後ろで束ねた清潔感のある身なりと、パーツのはっきりした精悍(せいかん)で美しい顔立ちとも相まっているのだろう。

リヒトもホレイショは有能で好人物だと思うし、目標とする神官の一人である。下から這い上がってきて苦労しているだろうに、それを見せないのも尊敬する。そのぶん、どことなく本当の顔が見えない気がしてしまう。単純にいい人なだけのはずがない、と思うのはひねくれた見方だろうか。

それともリヒトの敬愛するローマンの神官長という立場を、彼が奪ってしまうように思えるから無意識に警戒してしまうのか。自分勝手な思い込みでしかないが。

リヒトが消沈していると思ったのか、ホレイショはさらに言葉をかけた。

「きみが活躍してくれるのを期待しているよ。やる気のある子は大歓迎だ」

気遣いをありがたく受け取り、「ありがとうございます」とだけ返事をして、リヒトはホレイショと一緒に自室のある寮の扉をくぐった。

*

——……、母さん……！　許せ……！

苦悶に歪（ゆが）む父の顔。

洞のようにうつろな祖母の目。母の叫び声。

血と、魔物の臭い。飛び散った体液、生温かいそれを全身に浴びて——。


「……っ、ひ……！」

ぱっと目を見開くと、闇に沈んだ部屋の天井が視界に映った。

「あ……」

は、と小さく息を吐きだして、やっと自分が呼吸を止めていたことに気づく。

暗い寝室に、自分の心臓の鼓動がうるさく耳に響いた。胸を大きく上下するほど息を喘がせ、枕まで流れ落ちた涙を握った手の甲でごしごしとこする。

上半身を起こせば、同室の友人二人はぐっすりと眠り込んでいた。静かな寝息が聞こえ、やっと安全な場所なのだと実感する。立てた膝の間に顔をうずめて、深く息をついた。

（久しぶりにあの夢を見た……）

触手樹に襲われた少女の亡骸を見たせいだろう。神殿に来た当初は毎晩のように家族が惨殺された夢を見て、泣き叫んで起きてはひと晩中大人たちに宥めてもらった。

手足が細かく震えているのは、恐怖のためだけじゃない。夢に見るたび、目が覚めるたび、激しい怒りが再燃する。

今なら……、今ならきっと家族を喰らったあの魔物を殺すことができるのに――――！

闇のような魔物の記憶とともによみがえるのは、半人半魔のマレディクスの姿だ。逆光で顔立ちもわからなかった、人の形だけした憎い魔物。どれだけ醜い顔をしているのだろう。

図らずも命を助けられた形になったことが、思い返せば余計に腹が立つ。獲物を横取りしようとしただけのくせに！

直接彼になにかされたわけではないが、忌まわしい記憶と結びついているせいで、思い出すたび憎悪が募る。家族を殺した魔物がもう死んでいるから、その分の怒りがすべてマレディクスに向かった。

理不尽だなどと思わない。どうせあいつも魔物なのだ。自分にとってマレディクスは魔物を煮詰めたような、その名の通り呪いの象徴に思える。

マレディクスが魔物も人間も殺す姿を想像して、ブランケットをぎゅっと握りしめた。他に気を紛らわせるもののない深夜は、爆発的に感情が揺れる。

（いつか絶対にマレディクスを殺す、殺す、殺す……！）

見開いた目に怒りと憎悪の涙を滲ませながら、リヒトは闇を睨み続けた。


空に満月がかかる夜は、町が死に絶えたように静まり返る。

神殿では満月の晩は火を絶やさぬようにし、一般神官たちは町の警護に回る。上級神官たちは主に回復、治癒等の救急対応ができるように神殿に残っている。酒に酔ったり人生に嫌気が差している人間がさまよい出ては、魔物に襲われることも多いからだ。

「一班から八班まで、油断せずに持ち場を回るように！　刻限は夜明けまで！」

警護隊を指揮する副神官長、ホレイショが号令をかける。神官たちは神妙な顔でうなずいて、それぞれ移動を開始した。

警護隊は五名一組。一般神官で構成され、剣、弓矢、聖水等を携えて割り当てられた地域を巡回する。

魔物に遭遇すれば町から追い払うか討伐する。手に負えないと判断すれば笛で応援を要請し、魔物たちから町を守るのだ。

そして見習い神官の中でも十六歳以上の者は神殿の詰め所に待機し、有事の際は手助けをすることになっている。手助けといっても外に出て戦うことはなく、怪我人の手当てや連絡係を務めることになる。

ただし、将来的にも討伐に出ることのない上級神官候補は詰め所に待機しない。一般の神官候補が対象である。リヒトも他の見習い神官たちと詰め所に集まっていた。

なにも起こらないことが多いので、ほとんどの見習い神官たちは緊張もせず弛(ゆる)み切り、眠気を堪(こら)えてあくびを嚙み殺している者もいる。

見習いたちは来たる神官試験のために口の中でぶつぶつと経典の暗唱をしたり、印を結ぶ練習をしたり、小声で問題を出し合ったりしている。

集団の端の方で静かにしていたリヒトは、夜が更けてみなの注意が散漫になってきた頃、そっと詰め所から抜け出した。誰もリヒトに注意を向けていない。

（よし）

足音を立てないよう小走りに庭に出た。外に出てしまえば、広い神殿の敷地で見咎められることはないだろう。

教育機関を併設するような大きな神殿は、敷地内に大小複数の神殿、学舎、図書館、寮などを持ち、畑や池やハーブ園まである。リヒトは暗い場所を選びながら、塀まで走った。

そして植栽に隠してあった袋を取り出す。

中には懐剣、護符、聖水、そして縄ばしご。弓矢と長剣は目立ちすぎて持ち出せなかった。

「一人でもやってやる」

警護隊に加わることを拒否されてから、ずっと考えていた。

ローマンは力を磨けと言っていた。方法は指定されていない。だったら、自分で実戦の中に身を置いて鍛えることにしよう。

詭弁なのはわかっている。神殿の規則に背いていることも。

でももう待てないのだ。あの森で少女の亡骸を見て、焦りが強まった。自分は悠長にしすぎているのではないか？

聖水や護符といった聖具の力を増幅する魔術、魔物の魔術に対抗する呪文、弓矢を使って魔物を射る腕も、すべて磨いてきた。根拠のない自信だけがあった子どもの頃と違い、今のリヒトは相応の実力を持っている。あとは実戦で鍛えるのみ。

町は広い。警護隊も隅々まで回れるわけではないし、目が届かない場所などいくらでもある。

たとえ魔物一匹でも、いや、ゼロであっても構わない。人間に被害がないならそれに越したことはない。けれどもし一匹でも魔物を減らせるなら、将来の被害を減らせる可能性がある。見つけ次第駆除するのみ。

待機中でも手洗いや所用で呼ばれて一時的に詰め所を離れる者はいるし、整列をしているわけでもない。夜明けまでに戻ってくれば、誰もリヒトが抜けたことに気づかないだろう。

逸る気持ちを抑えて縄ばしごを塀にかけ、足を乗せたとき。

「なにやってるの、リヒト！」

ハッとして振り向くと、青い顔をしたカウゼルが立っていた。

「カウゼル、なんで……」

「なんでじゃないよ！　ここんとこずっとリヒトが思いつめた様子だったから……。満月の夜に神殿を抜け出すなんて、バレたら大変だよ！」

リヒトはぐっと顎を引き、カウゼルに強い視線を向けた。

「カウゼルが黙っていてくれればバレない。見なかったことにして、部屋に戻ってくれ」

「リヒト！」

カウゼルはリヒトに取り縋って叫ぶ。

「しっ！　静かに。なあ、わかるだろ？　おれ、もうあんな思いしたくないんだよ。自分にできることは全部したい。こうしてる間にも魔物が人を襲ってるかもしれないと思ったら、じっとしてなんかいられないんだ」

森での出来事を思い出したのか、カウゼルの表情が強張る。

「ごめん、カウゼル。嫌なこと思い出させて。別におまえを責めてるわけじゃない。おれは自分がやりたいからやってるだけ。頼む、ちゃんと戻ってくるから」

「……ぼくは、リヒトが危険な目に遭うのは嫌だよ……」

正神官ですら、満月の警護には五人で当たる。リヒトのやろうとしていることは、危険で無謀なことに間違いない。

長い時間見つめ合った。互いの意志の強さを探り合うように。

徐々にカウゼルの眉間から力が抜け、やがて諦めたように手を離した。うつむくカウゼルが、聞こえるか聞こえないかの声で囁く。

「怪我しないでね……」

それには答えず、「ありがとう」とだけ言って縄ばしごに足をかけた。怪我をしない保証なんてない。神官は嘘を言わない。だからできないと思う約束はしない。

リヒトはもう振り向かず、縄ばしごを登って行った。

神殿の外に降り立つと、満月は挑戦的なほど輝いていて、まるで「できるものならやってみろ」とリヒトを焚きつけているかのようだった。

（やってやるよ）

左右を見渡し、夜の町に走り出す。魔物を狩れるかもしれないと思ったら、奇妙な高揚感に包まれた。

浮き足立つような気持ちに、魔物たちが満月に高揚するのもこんな気分なのかなと思ったら、自嘲的な笑いが漏れた。

もうすぐ夜が明ける。東の空がうっすらと明るみを帯び、建物の輪郭がくっきりと形を現し始めた。魔物たちも姿を消す時間だ。

リヒトは神殿からあまり遠くない狭い街路を中心に、魔物がいそうな暗がりをひと晩中覗いて回った。警護隊と遭遇しそうになったときは物陰に身を潜めてやり過ごした。

基本的に町中に魔物が出現することはめったにない。ひと晩かかって、ねずみだか魔物だかわからない小動物の姿を何度か見たっきり。

町が平和だったことに安堵(あんど)しつつ、徒労感と達成感が微妙に絡まる。重だるい眠気に纏(まと)わりつかれて、足が重くなってきた。

そろそろ戻らないと、と踵を返したとき、高い笛の音が空気を切り裂いた。

「魔物だ……！」

一瞬で眠気が吹き飛び、音の方角に向かって走り出す。

そんなに遠くではなかった。おそらく数ブロック先くらい。

パン屋の角を曲がると、建物の反対側で叫ぶ神官たちの声が聞こえた。

「上に逃げた！」

「弓は使うな、赤子を抱えているぞ！」

「建物の背後に回り込め！　逃がすな！」

こっちに来る！

とっさに上を見ると、白い光がきらりとリヒトの目を射(さ)した。

「あ……」

リヒトの視界を横切ったのは、かつて出会った魔人——マレディクスだった。

空中で視線がぶつかり、初めてはっきりとマレディクスの顔を見る。

あまりの美貌に目を疑った。

魔物とは思えない……、いや、魔物だからこそ人間離れしているのかもしれない、はっきりと左右対称に整った絵画の男神のような顔立ち。年齢を想定したことはなかったが、自分より十ほど年上にしか見えないことに驚いた。

ブロンズ色の皮膚に、濃いまつ毛に縁どられた切れ長の赤い目が目立つ。暗い肌色と対照的な白銀の髪が体に纏わりついているのが、美しい野生の獣を連想させた。見事な筋肉を乗せた上半身とたくましい首筋を通って頬まで彩る文様が、華やかで妖しい。

なにより圧倒的な魔力の放出に目が眩んだ。

夜明けだというのに満月の力の名残りで、隠しきれない魔力がマレディクスの全身を取り巻いている。子どもの頃の自分が圧迫感を覚えたのは、この膨大な魔力にだったのだと今になって気づいた。

敵わない、と本能が判断する。自分が全力で戦ってもマレディクスに傷ひとつつけられるかどうか……。

一瞬気圧されたリヒトは、地面に降り立ったマレディクスが腕に抱いた赤子を見て素早く懐剣を取り出した。負けが確定していようとも、逃げるわけにはいかない。

人間の言葉が通じるか？　と訝りながら、低い声で言う。

「その赤子を下に置け」

マレディクスはリヒトを見つめながら、じりっと後ろに下がって距離を取る。赤子を手放す様子はない。

マレディクスまでの距離は、飛びかかってぎりぎり届くかどうか。弓もない。奴が屋根に飛び乗れるほど身体能力が高いのは知っている。避けられてしまう可能性は高い。逃げられたら追えないだろう。

それに、無理に攻撃すれば赤子を取り落とすかもしれない。打ちどころが悪ければ最悪の事態もあり得る。

かといって、このまま攫われれば赤子は食われる運命。ならば一か八か……。

攻撃すると決めて懐剣を構え直したとき、赤子の額に特徴的な印が浮かんでいるのに気づいた。あれは——。

「死の刻印……!」

息を吞んだ。

死の刻印は蜘蛛の魔物が使う魔術で、主に赤子に印をつけ、その家に入り込んで一家を襲う悪質な呪いである。印のついた赤子が家の中にいることで、家に護符を貼ったとしても、赤子までの道筋が繫がっていて中に入りこめてしまう。

恐ろしいのは、蜘蛛の魔物がその一家に成り代わってしまうことだ。家族を喰らい、姿を模倣し、人間のふりをして暮らし始める。

刻印をつけられた赤子は、見つかり次第処分されることになっている。もし呪いをかけた魔物を殺したとしても、赤子が目覚めることはない。死の刻印は白魔法でも消し去ることはできないからだ。その名の通り、死が確定した呪いなのである。

「マレディクス、おまえ……、蜘蛛の魔物じゃないよな?」

なぜ刻印のついた赤子を手にしているのか。蜘蛛の魔物から奪ったのか。

神官たちの足音が近づいてくると、マレディクスは顎を引き、完璧な形の唇を開いた。

「明日の夜、神殿の裏門に赤子を置いておく。俺に会ったことは誰にも言うな」

「え」

しゃべった！　言葉が通じるのだ。

しかも、どうせ獣が発したような威嚇的な単語しかしゃべれないと思っていたのに、妙に耳に残る低く落ち着いた声だった。

言うなり、マレディクスは赤子を抱えたままリヒトと反対方向に走り出す。

「待てっ……！」

追いつけるはずもない。

ほんの一瞬で姿を消したマレディクスの背を目で探すうち、建物の裏側から駆けつけた神官たちに見つかってしまった。

「リヒト!?　こんなところでなにをしている！」

マレディクスの消えた方角を呆然（ほうぜん）と見つめるリヒトの腕を、神官がつかんで揺さぶった。

＊

壁の高い位置に小さく切り取られた四角い空気窓の向こうに、昨日よりわずかに欠けた月が姿を覗かせている。目にはほとんど違いがないのに、やっぱり体に感じるエネルギーには大きな差があるように思う。

夜明けに神官たちに連れられて神殿に戻ってきたリヒトは、半地下にある反省室に入れられた。固い石のベッドにブランケット、排泄用の蓋つき桶があるだけの狭い部屋だ。月明かりしかない小部屋は、春だというのに寒々しい。

昼間は副神官長ホレイショに審問を受け、叱責された。しかし叱責の内容は、「せっかく抜け出すのを見逃してあげたのに、見つかるなんてドジするとは思わなかったよ」という、およそ責任者とは思えないものだった。やっぱり食えない人だと思う。

タイミング的にマレディクスと鉢合わせたであろうことを尋ねられたが、見ていないとしらを切り通した。

魔人に勝手に言い渡された約束を守ろうと思ったわけではない。もし話したら、警戒したマレディクスは赤子を連れて来ないかもしれないと思ったからだ。

マレディクスとの邂逅を明かすのは赤子を保護した後でもいい。もしかしたら嘘をついて逃げただけかもしれないが、連れてくる可能性が少しでもあるのなら。

どちらにしろ赤子は死を待つ運命だが、それでも家族ならせめて火葬して魂を浄化してやりたいと思うだろう。死の刻印から逃れられないとしても、安らかな眠りを願って。

問題は、リヒトが反省室から出られないことである。

リヒトは規則を破った罰で、一週間の反省室禁固を言い渡された。次に危険行為をしたら鞭打ちとの宣告も受けた。

とても手が届かない高さにある、小さな窓を見上げる。そもそも人が出入りできるほど大きくない。赤子は神殿の裏に置かれているのだろうか。確かめに行きたい。

反省室は魔術が使えないよう結界を張られているので、精霊を召喚して見に行ってもらうこともできない。ドアにも魔術で鍵がかかっていて、リヒトが開けるのは不可能だ。

悶々とした時間を過ごし、深夜に差しかかる頃、神官が見回りにやってきた。食事を差し入れるためのドアの小窓から、神官の持ったランプの灯りが射し込む。

「異常はないか？」

腹が痛いふりをしても、脱走防止のために他の神官を呼んでこられるだけだろう。

リヒトは無理を承知で、

「少しの時間だけ、ここから出してもらえませんか？」

言うだけ言ってみる。当然のように、「は？」と返された。

「すぐ戻ってきます。十五分……、いや、十分だけ。お願いします！」

もちろん出られたら赤子の両親を探すために逃げ出すつもりだけれど。

「どこに行きたいんだ」

至極当たり前の質問である。神殿の裏門を見に行きたいと言ったら、どんな用事でと続くだろう。死の刻印がついた赤子が見つかれば、おそらくその場で処分されてしまうに違いない。

なぜなら、危険だと思っても家族が愛情から赤子を家の中で匿(かくま)ってしまうケースがあるからだ。もし蜘蛛(くも)の魔物に家を乗っ取られたら、近隣の住民も危なくなる。だから即刻処分するのだ、町の平和のために。

だが家族を奪われる苦しみはリヒトもよく知っている。せめて最後は家族に看取らせてあげて欲しい。それがどんなに過酷なことでも、事後報告なんて納得できない。

うまい言い訳が思いつかないリヒトに、神官はにべもなく言い捨てた。

「どんな理由があれ、俺におまえをここから出してやる権限はない。交渉したいなら、朝になってから上級神官に言え」

朝になれば、死の刻印のついた赤子が見つかってしまうだろう。赤子はその場で処分されてしまう。もしマレディクスが連れてきていればだが。

どうすれば……。

立ち去りかけた神官をどう引き止めればと迷ううちに、聞き慣れた声がかかった。

「こんばんは」

振り向いた神官の向こうに、ランプを手にしたカウゼルが立っているのが見えた。闇の中に、カウゼルの白い顔がぼぅ、と浮かんでいる。

「カウゼルさま」

神官は姿勢を正し、カウゼルに向かって頭を下げた。

見習いとはいえ、カウゼルは貴族出身の上級神官候補だ。来年には正神官になって一般神官より上の役職になる。カウゼルはすでに上級神官のように接されていた。

カウゼルは薄くほほ笑み、

「少しだけリヒトと二人で話をさせてくれないかな。迷惑はかけない。おしゃべりするだけ」

小さな声で囁いた。神官は困った顔をし、「しかし……」と言葉を濁らせる。

カウゼルは男の手に銀貨を握らせる。

「ほんの数分だよ。なにができるわけじゃないのはわかるでしょう、扉には鍵もかかってるんだし」

ね、と小首を傾げてもう一枚銀貨を渡すと、神官はしぶしぶうなずいた。

「外で待ってますから。五分だけですよ」

「ありがとう」

神官が階段を昇っていくのを確認したカウゼルは、くしゃっと泣きそうな表情になって小窓に顔をくっつけた。

「心配したよ、リヒト。怪我はない？」

「ああ」

警護隊の神官に捕まえられたリヒトは、神殿に連れ帰られてすぐに拘束された。カウゼルに会うこともできず、ずいぶん心配させただろう。

「おれが外に出たこと、黙っていてくれてありがとう。心配かけてごめん」

カウゼルは目の縁に涙を滲ませながら、拳でドアを叩いた。

「ほんとだよ！　蜘蛛の魔物の死骸の近くでリヒトが保護されたって聞いて、ぼく心臓が止まるかと思ったんだから！　もしリヒトになにかあったら、ぼくが黙ってたせいだって……」

「違うよ、カウゼル！　それは違う。おれが自分の責任で出て行ったんだ。おまえは関係ない」

たとえ万一それで命を落とすことになったとしても、カウゼルに罪はない。

言いながら、カウゼルの言葉に引っかかった。

「蜘蛛の魔物の死骸……？」

カウゼルはこくんとうなずいた。

「見なかった？　警護隊が死骸だけ発見したって聞いたけど、まさかリヒトが殺したんじゃないよね？」

「おれじゃない」

マレディクスだ。

蜘蛛を殺し、死の刻印をつけられた赤子を奪った。

でも奴は赤子を返すと言った。なぜ？　なんのために？

「カウゼル、頼みがあるんだ」

マレディクスの真意はつかめない。けれどわざわざ返すと宣言するからには、なにかがあるはずだ。

「神殿の裏門に、赤ちゃんがいると思う。拾ってあげてほしい」

「赤ちゃん？」

カウゼルは気味悪げに眉を顰めた。

「どういうこと？」

他の神官には言えないが、カウゼルになら打ち明けられる。

「おれ、魔人に……、マレディクスに会ったんだ」

目を見開いたカウゼルが息を呑む。

「あいつ、赤ちゃんを抱いてた。死の刻印がついてたから、蜘蛛から奪ったのは間違いない。でもなんでかわかんないけど、赤ちゃんを返すって言ってたんだ。今夜、神殿の裏門に。おれ、赤ちゃんを家族のところに帰してあげたい」

たとえ死を待つばかりだとしても。

蜘蛛が死んだ以上、家に入って来られることもない。だったら最期は家族のもとで。

「死の刻印……」

カウゼルが痛ましげに表情を曇らせる。

「迷惑かけてるのはわかってる。昨夜赤ちゃんを攫われた家がどこかって情報は入ってるだろう？　神殿には内緒で、その家に帰してあげてくれ。頼む！」

悲しい役目だ。赤子の家族は泣き崩れるだろう。もしかしたら、死の刻印がついた赤子は気味悪がられて、家族にすら引き取りを拒否されるかもしれない。どちらにしろ、誰かに重い悲しみを伝えにいかねばならないのだから。

カウゼルはしばらくリヒトの目を見つめていたが、やがて意を決したようにうなずいた。

「わかった。もしリヒトならそうするもんね。ぼくにできるかわからないけど、やってみるよ」

「ありがとう、カウゼル……！」

カウゼルはかすかにほほ笑むと、

「いつもリヒトに助けてもらってばっかなのに、ぼくがリヒトを助けるなんて、ちょっと気分いいね」

やっと親友らしい軽口を取り戻して、階段を上がっていった。

赤子が町の有力貴族の息子だったと知ったのは、一週間後に反省室を出てからだった。

「リヒト、これどうしよう」

カウゼルに呼ばれて彼の自室に行くと、困った顔で素晴らしい細工の経典ケースをリヒトの目の前に置いた。

純金でできており、宝石が鏤(ちりば)められた繊細な意匠のケースは、国宝かと思うような代物だ。中に入れる経典がみすぼらしく見えるほど。赤子を見つけてくれた礼にと、有力貴族がカウゼルに贈ったものだ。

「もらっとけば？　つかカウゼルも貴族なんだから、そんなの珍しくないだろ」

「こんなすごいの、うちみたいな貧乏貴族じゃ父だって持ってないよ！　リヒトにあげる」

「おれの方が困るわ」

リヒトに頼まれたカウゼルは、その足で神殿の裏門に赤子を探しに行った。やわらかい布に包まれた赤子はすぐに見つかったという。

死の刻印のついた赤子は見つかり次第処分される。だから内密に赤子の家族を探して引き渡してもらえるようカウゼルにお願いした。なのにカウゼルは、見つけた赤子を神殿に連れて行ったのだ。

なぜなら。

「それにしても、死の刻印が消えてたってのはどうしてなんだろう？」

カウゼルが見つけた赤子には痣ひとつなく、すやすや眠っていたらしい。カウゼルは困惑したが、刻印がないならただの捨て子として扱えると神殿に連れて行った。他の神官には、眠れなくて散歩していたら見つけたと報告したという。

捨て子が見つかった場合は、まず捜索願いが出されていないか確認し、該当がなければ神殿の養護施設で引き取ることになっている。赤子はすでに貴族から捜索願いが出されていて、すぐに引き取られていった。

貴族の邸宅から忽然と消えていた赤子は、マレディクスに誘拐されたと思われていた。警護隊が、赤子を抱いたマレディクスを目撃したせいだ。死の刻印がつけられていたことは知らないようだった。それは赤子にとって幸いだったが。

リヒトは顎に手を当てて考え込む。

「絶対に見間違いなんかじゃない。額にくっきり、あんな目立つ刻印がついてたんだ」

「うーん……、刻印が見えないように、なんらかの術をかけたとか？」

二人で首をひねる。

「でも赤ちゃん、普通に目が覚めたんだろ？　呪いが消えたとしか思えないんだよなぁ」

「だよね。それに、見えないようにしても魔人に得があるわけじゃないもんね。蜘蛛の魔物ならともかく」

そうなのだ。もし刻印だけを見えないように細工するとしても、家に入り込みたい蜘蛛の魔物ならばともかく、魔人にはなんら得することはない。

死の刻印をつけられると、もう目覚めることはない。なのに赤子が目覚めたということは、呪いが消えたということだ。

カウゼルが難しい顔をして、

「ひとつ考えられるのは……」

本棚の手前に並ぶ本を取り出し、さらに奥から一冊を取り出した。収納スペースが足りないというより、隠してある本のようだ。

ぱらぱらとページをめくり、一ヵ所を指差す。

「ほら、ここ。呪いを消す黒魔術があるってことを書いてある」

本の虫のカウゼルは、とかく知識が豊富である。どちらかというと雑学を好むので、神職よりも学者が向いているのではと思う。

カウゼルに教えられたページには、確かに呪いを消滅させる黒魔術についての記載がある。

呪いの種類によっては白魔術で対抗できるものもあるが、死の刻印は白魔術ではどうにもならない。穢(けが)れが他に伝播(でんぱ)しないよう、浄化するだけである。

対して黒魔術の中には、この本によると呪いを打ち消す術も存在しているらしい。黒魔術に対して別の黒魔術をぶつける、毒を以て毒を制す強引な手法。そして、自分の体に呪いを取り込む、下手をすれば自分の命が危うい危険な方法。

衝撃を受けた。

どちらも黒魔術に属し、神官や市井の白魔術師は使用しない。黒魔術は危険で邪悪で、忌避されるべきものと教えられてきた。がむしゃらに神殿の教えや白魔術を覚えてきたリヒトには、まったく知らない世界だった。

「カウゼル、よくこんな本持ってんな」

神殿では黒魔術の知識を得たり、口にすることすら嫌悪されている。だから神殿図書館にも、黒魔術関係の本は置いていない。授業でも、魔物ごとに使う黒魔術の種類とそれに対抗する白魔術、黒魔術に手を染めた人間の末路など、とかく黒魔術は忌避すべきものという意識を植えつけられる。

カウゼルは立てた人差し指を唇に当て、声を潜めた。

「しっ。リヒトなら告げ口しないでしょ?」

「しないよ、告げ口なんか。なあ、他にも黒魔術関係の本持ってんの?」

「ふふ。実は読んでみたら面白くって、ちょっと隠し持ってるんだ」

カウゼルは目に見えて浮かれながら、ベッドの下や本棚の奥から数冊の本を取り出した。自分一人で楽しんでいた趣味を、誰かに見せびらかしたくなった子どものようだ。

リヒトはぱらぱらとページをめくる。

自分の知っている黒魔術の知識といえば、魔物か呪術師が使うということくらいだ。

呪術師は基本的に人と群れず、いろいろな場所を放浪していたり、町の片隅や森の中で暮らしたりしている。主な仕事は呪術の請け負い。

不貞を働く夫とその愛人を別れさせてほしいとか、商売敵を病気にしてほしいとか、中には殺人を依頼する者もいるという。人に害を為す悪い魔術。そう教えられてきた。でも……。

熱心に目を通していたリヒトは、本から顔を上げた。

「なあ、カウゼル。この本貸してくれない？」

「えっ！　それは……。見つかるとまずいし」

カウゼルは困った顔をした。隠れた趣味をちょっと自慢するだけのつもりが、予想外に興味を持たれて不安になった、というふうに。

でももっと知りたい。黒魔術のことを。

「もちろん見つからないよう気をつける。もし見つかっても、カウゼルに借りたってことは絶対言わない」

「そこのところは、リヒトのことは信用してるけど……」

基本的に見習いは複数人同部屋だが、上級神官候補は個室を割り当てられている。見習いの部屋にはときどき持ち物検査が訪れるが、上級神官見習いは事前に連絡があるので、都合の悪いものは隠しておけるのだ。

もちろん黒魔術に関するものは禁じられている。しかし、本格的な術式が載っているものでなければ、上級神官見習いであれば万一見つかっても叱責と没収程度で済む。一般の見習いならなんらかの罰があるところだが。

カウゼルにしてみれば不安だろう。リヒトの部屋は複数人が寝起きしているし、持ち物検査も抜き打ちで見つかる可能性はカウゼルの部屋より格段に高い。

カウゼルは真摯な目をして、リヒトの手を取った。

「ごめんね、リヒト。ぼく、リヒトが困った立場になるの嫌なんだ。見つかって罰を受けたり、神官として不適格だと判断されるとか」

あ、とカウゼルの目を見て気づいた。

カウゼルが心配しているのは、彼に害が及ぶことじゃない。リヒトが不利な状況になることを心配してくれているのだ。

「ぼくね、リヒトと一緒に神官になりたいんだよ。そりゃ上級と一般で分かれちゃうけど、でもリヒトなら希望の神殿で仕事できると思うんだ。もちろん、もし離れたって友達だよ？　そうなったら長い休みにはリヒトのところに遊びに行くし」

カウゼルはリヒトの逸る（はや）気持ちを宥める（なだ）ように笑う。

「だからさ、読みたいときはぼくの部屋に来なよ。時間は限られちゃうけど、その方が断然安全だし、ぼくの部屋ならランプもあるから本を読みやすいし」

ね、とカウゼルは愛らしく首を傾ける。

当番で仕事が回ってくるときもあるが、神官見習いの自由時間は夕食後から消灯までの三時間ほどである。本はカウゼルの私物だ。貸すも貸さないもカウゼルの自由。リヒトに選択肢なんてないけれど。

「でも……、おれはいいけどさ。カウゼルが嫌だろ？　その……、変な誤解とかさ」

同じ見習いでも、上級神官候補とそれ以外の寮は棟が違う。上級神官見習いの棟に一般神官見習いが出入りをしていれば、冷ややかな視線を送る者も多い。さらにリヒトは有名人の上、商家出身で下町口調が抜けないことも貴族たちには敬遠される理由だ。

以前はリヒトとカウゼルが恋人同士だからという噂まで流れた。

実際、神官は男しかいない世界である。下働きの少女や町の女性に恋する者もいるが、閉じられた集団生活では自然と近くにいる人間に興味が向く者も多い。見習い間でも恋人関係になっている仲間は少なくない。自分とカウゼルはそういう関係ではないけれど。

自分はなにを言われようがどこ吹く風と受け流せるが、カウゼルの居心地が悪くなるのは嫌だ。今日は内密の話をするために久しぶりにカウゼルの部屋を訪れたが、それだって一年ぶりくらいである。

カウゼルはほほ笑んで、首を横に振った。

「ううん。誰がなんて言ったって、ぼくとリヒトは友達だもん。それにむしろ恋人と誤解してもらった方が、二人で部屋に籠ってるのを不自然に思われないいんじゃない？」

カウゼルの言葉に面食らった。数年前にそんな噂を立てられたときは、真っ赤な顔をして泣きそうになっていたのに。

だからそれ以来、行動は一緒にしても二人っきりで閉じられた空間に籠ることはしていなかった。それでも二人は特別な関係だと信じている者もいる。

「なんかさ、リヒトと一緒に森で魔物に会ったじゃない？　そこでリヒトが魔物と戦うの見たり、抜け出して警護に行くの知ったり……、そういうの見てたら、自分も変わらなきゃって気持ちになってきて」

リヒトに比べたらぜんぜんだけど、と照れたように笑う。

「だからね、リヒトのすることに協力したい。あ、ぼくも魔術もっと上手に使えるようになりたいと思って、リヒトが反省室にいた間はずっと水を操る練習してたんだよ。見てくれる？」

ものを操るのは、無から有を生み出すよりはるかに魔力を使わない小さな魔術だ。だが有用性は高い。矢を操れれば狙った場所に射ることができるし、火を操れれば遠い場所から魔物を燃やすことができる。

そして聖水を使う白魔術師は、水を操ることはもっとも初歩的でありながら重要なのである。

カウゼルが水の入ったコップを人差し指で差す。と、水の表面がゆらゆらと揺れ出した。そのまま指を持ち上げると、動きに沿って水の塊が動く。

カウゼルが楽しげに、「踊れっ」と号令すれば、水の塊はいくつものしずくに別れて跳ねるように空中を踊り出した。しずくはまるで小さな生きもののように、可愛らしく円を描いてダンスしている。

「可愛い！」

リヒトも思わず楽しくなった。

自分が水を操るときはいつも、目的の場所に正確に移動させられるか、どれだけ多量の水を動かせるか、そういう技術的なことばかり練習してきた。こんな使い方もあるのかと視野が広がった気分だ。

「こういうの、子どもたちに見せたら喜ばれないかな？」

そう言うカウゼルの瞳はきらきら輝いている。

白魔術を遊びに使うなんてとんでもないと神官たちは怒るだろうが、カウゼルのような遊び心があってもいいとリヒトは思う。

「自分もやりたいって、神官目指す子どもが増えるかもな」

だといいね、と二人で笑い合った。

次の満月の夜は、ローマンの命令で詰め所に監視がついた。また抜け出す者がいないよう、詰め所の出入り口に結界を張られた。無断で通行すればわかってしまう。

さすがにこの状態で抜け出すことはリヒトにもできない。破門覚悟なら可能だが。

時刻が深夜に近づくにつれ、勉強していた者たちもおしゃべりに移行してくる。静かにしているといると眠ってしまいそうだからだ。

リヒトもぼんやりとしていたところに、噂話に興じる周囲の囁き声が耳に入ってきた。

「先月はあの半魔の魔人が出たんだろ？　マレディクスとかいう」

思わず耳をそばだてる。

「聞いた聞いた。なんか、近くで蜘蛛の魔物が死んでたって言うから、あいつが殺したんじゃないかって神官たちが言ってた」

「うわ、怖え～！　半分人間の血が入ってるとか聞いたけど、ぜんぜん凶悪な魔物じゃん！」

「半分人間っていうか、魔物に犯されてできた子だろ。気の毒な女もいたもんだ。最初から罪の子なんだから、生まれてきたのが間違いなんだよ」

なんとなく、不快な気持ちになった。

たしかに彼は存在自体が忌まわしい。蜘蛛の魔物は巨体の割に動きが早く、粘着質の糸を操るため武器が効きづらいので、手ごわい魔物と言われている。その蜘蛛の魔物を殺して赤子を奪い取るのだから、いつか神官長が怪物と評したような強さなのだろう。

けど……。

結果的にというだけだが、少年時代の自分は彼に助けられた。先月だって蜘蛛から赤子を奪ったはずなのに、なにが目的かはわからないが無事に返された。あの赤子はその後も変化なく育っているという。

リヒトも魔物は憎いが、少なくともマレディクスがいなければ自分も赤子も助からなかった。だからなのか、頭から彼の存在を否定する言葉に妙ないらつきを感じてしまう。自分だって憎くて憎くて殺したい相手にも拘らず、勝手なものだが。

人を騙す、知能の高い魔物は人語を解するという。そう考えればマレディクスはより危険な存在なのかもしれない。

——明日の夜、神殿の裏門に赤子を置いておく。俺に会ったことは誰にも言うな。

はっきりと耳に残る、低音の響き。

言葉を交わしたことで、人間らしく思ってしまっているのだろうか。

他の見習いたちも話に加わり始めた。

「もし警護に出てマレディクスに出くわしたらどうする?」

「無理無理、逃げるしかないだろ!」

「熟練の神官にお任せ〜」

だらしない。それでも来年には正神官か。

退屈と眠気を持て余した少年たちの間に、怪談話をするようにマレディクスの話題が広がっていった。

空を飛んで移動するとか、牛を頭から丸ごと一頭飲み込むとか、銀貨を見ると怖がって逃げるとか、馬鹿らしくて聞いているだけでうんざりする。

「どんな見た目だと思う？」

「そりゃあ魔物っぽく黒くてでかいんじゃね？　毛むくじゃらとかさぁ」

違う。

むしろきれいだった。顔立ちも、白銀の髪も、名工が彫り上げた神話の英雄のような見事な体軀も。

なんでだろう、妙にいらいらする。

調子に乗った少年が、横からリヒトの肩を叩く。

「なあなあ、リヒトってマレディクス見たことあるんだろ？」

「は？」

不快感を押し殺していたリヒトは、棘のある視線で少年を睨みつけた。

周囲の見習いたちが、慌てて少年の腕を引っ張った。

「おい、やめろって。リヒトの家族は、ほら……」

「あ……！　ご、ごめんリヒト……」

少年は「しまった」というように、目を見開いて自分の口を手のひらで覆った。

先月リヒトがマレディクスに会ったことを知らない彼らは、家族が殺された八年前の邂逅を思い出させたと思ったのだろう。

自分の中のマレディクスの印象は、すでに鮮烈な彼の顔立ちと声とに塗り替えられている。

リヒトは苛立ちを隠さず、吐き捨てるように言った。

「あんまくだらねえ噂話ばっかしてんじゃねえよ。そんな暇あるなら、一匹でも魔物を倒せるよう修行したらどうだ」

周囲の少年たちはばつの悪さから、顔を伏せて互いに上目遣いでちらちら視線を交わす。

リヒトはもう誰とも関わる気になれず、横を向いたまま口を噤んだ。

その夜は、マレディクスの目撃は報告されなかった。

2

魔物につけられた傷は、浄化しないといけない。放っておくと傷が腐ってきたり、精神が病んで狂暴化したり、穢れが大きくなって別の魔物を呼び込んだりしてしまう。

だから魔物に傷つけられたらみな神殿にやってくる。その日も、魔物に腕を嚙まれたという娘を連れた女性が来ていた。

幸い大きな傷ではなく、穢れも少ない。リヒトは娘の傷を聖水で洗い流し、清めの呪文をかける。それから精霊を呼び出し、娘の傷口を塞いでやった。礼として精霊に小さな水晶の欠片を渡すと、嬉しそうにくるんと一周してから消えて行った。

「これで大丈夫。念のため、この護符を部屋に貼っておいてくださいね」

「ありがとう、おにいちゃん！」

娘が明るい笑顔で言うと、母親は慌てて娘をたしなめた。

「こら！　神官さま、でしょう？　申し訳ありません」

頭を下げる母親に、リヒトは笑って答える。

「いえいえ、まだ見習いですから。魔物に嚙まれて怖かったね、気をつけるんだよ」

うん！　とうなずいて元気に手を振って帰っていく母娘に、リヒトも手を振り返した。

そばで見ていた神官が、感心したため息をつく。

「その歳で素晴らしいな、リヒト。回復魔術専門に切り替えたらどうだ？　このまま鍛えていけば、きみなら宮廷お抱え回復師も夢じゃないぞ」

回復魔術は、基本的に上級神官用の魔術である。神官は上級と一般で扱う魔術を分けることで、役職の差別化を図っているのだ。

だが成績のいい一般神官は、上級神官用の魔術も習わせてもらえる。神官長の推薦で、リヒトは見習いにも拘らず上級神官用魔術も教えてもらった。

傷を塞いだり病気の回復は、精霊を使役して行うことがほとんどである。術師の魔力を使ってのみの回復はさらに高度で、リヒトもごく浅い傷なら治せるが、少し大きな傷になると精霊の手助けを得るしかない。

どんな種類の、どれだけ力のある精霊を使役できるかにもよるが、生まれ持っての素質が大きな部分を占める。精霊は基本的に人間に害を為さないが、好かれなければ手を貸してくれることもない。

リヒトは好かれやすい性質らしく、喜んで手を貸してくれる精霊が多い。ただ精霊も魔物も、報酬を要求する。金貨や宝石だったり、術師の体の一部だったり。だから職業として魔術師を選択した者はだいたい髪や爪を伸ばしている。リヒトはまだ見習いなので、髪も爪も短く整えているが。

母娘の姿が見えなくなるまで手を振って、リヒトは神官を振り向いた。

「せっかくですけど、おれ魔物を退治したいんです。回復師になったら、魔物退治は難しいでしょう？」

「そうか。もったいないなぁ。でもきみほどオールマイティーな素質があれば、今から一本に絞ることもないか」

心に潜り込んで内面の病を治す〝治癒〟だけは専門性が高くリヒトも習得していないが、他の白魔術はひと通り学んだ。そのどれもで高い評価を得ている。

もちろん、最高を極めようと思えばどれも果てしない。しかし今のリヒトは、とにかく魔物を倒し人々を救う術を少しでも多く覚えたい。まずは広く浅くでいい、その中で重要な魔術をどんどん強化していくつもりだ。

他にもっと、魔物に有効な魔術はないか。常に模索している。

本音を言えば、魔物を殺す技術に特化したい。けれどそれだけでは、魔物に害された人を救えない。たとえば魔物に襲われている人を助けに入ったとき、魔物自体は退治できても、それで襲われた人が助からなかったら意味がない。

あれもこれもが難しいことはわかっている。それでも、できる限りを身につけたい。貪欲に知識と技術を求めている。

もっと、もっと、もっと――――！

こういう部分を、若さゆえの焦りとローマンに言われてしまうのだろうか。

「まあ、神殿の神官以外にも道はあると覚えておけばいいさ。人生なにがあるかわからない」

「はい」

他に浄化の必要な人も待っていないし、次の仕事に移ろうかと部屋の扉を閉じかけたとき。

「た、助けてください……！」

よろけながら入ってきた男とぶつかりそうになった。

男は足をもつれさせ、床に倒れ込む。

「大丈夫ですか⁉」

リヒトは急いで男を助け起こした。ひどく顔色が悪い。

「これは……」

小さな魔物が、男の内側――――心臓に取り憑いているのがわかった。明らかに黒魔術による呪いを受けている。

男は震える手で胸をぎゅっとつかんだ。

「し……、神官さま、助けて……。ここが……、心臓、が、痛くて……。薬師からもらった薬が、効かない……、ぅぅ……」

苦しげな呼吸を繰り返す。

薬師は薬の処方だけを専門にする。心臓の痛みに有用な薬を処方したのだろうが、黒魔術に効くはずもない。

「俺は……、俺は、呪われてるんですか……っ」

恐怖に顔を歪(ゆが)めた男の目は充血している。

薬の効き目がないときは、みな神殿を訪れる。なんらかの呪いを受けている可能性があるからだ。もし呪いでなければ、薬が合っていないか対症療法のない病気ということになる。

神官は厳しい表情で男に問うた。

「心当たりがありますか？」

「まさか……！」

男の顔色がますます悪くなる。とても苦しそうだ。早く助けてやらねばと気持ちが焦る。

神官は言い聞かせるように、男の目を見ながらひと言ひと言ゆっくりとしゃべった。

「いいですか。あなたは呪いにかかっています。呪いを弾(はじ)き返すには、呪いをかけた者を特定する必要があります。本当に、心当たりはありませんか？」

男の唇がわなわなと震え、呼吸が速くなる。

なにか言いたくないことがあるのだ、とリヒトにもわかった。

呪われるということは、男に後ろ暗いことがある可能性が高い。だが一方的に恨みや妬みを買ってしまうこともある。それでも心当たりくらいはありそうなものだ。

神官はしばらく男の目を見ていたが、口を開きそうもないと思ったのか、

「……わかりました。では仕方ありません」

ため息をついて立ち上がった。

手がかりのない中でも神官ができることをしようと思ったのがリヒトにはわかったが、男は見捨てられると思ったらしい。

突然飛び起きて、神官に縋りついた。

「待ってください……！　い、言います……！」

男はごくりとのどを鳴らし、罪を告白した。

「妻が……、浮気を……、していたんです……。だ、だから……、妻と、相手の男を懲らしめてやろうと思って……、じゅ、じゅ、呪術、師、から……、魔物を、買い受けて……」

神官が険しい顔をした。

「人を呪おうとしたと？　そして、呪い返しをされたと？」

リヒトも息を呑んだ。男の言葉が本当なら、助ける手立てがない。

病魔の呪いには、呪術師が自身の契約した魔物を使役するものと、魔物を譲って本人に使わせるものがある。

呪術師に使役される魔物は、大抵その呪術師が操ることができる。だが買い受けた魔物は、使役者が買った人間になるゆえに呪術師の手を離れてしまう。

おおかた簡単に扱えるとか適当なことを言われて、質の悪い低級魔物を押しつけられたのだろう。

呪い返しなのか、呪いに失敗して魔物に取り憑かれたのかわからないが、どちらにしても使役者自身に跳ね返った呪いを解く方法はない。本人が強力な黒魔術使いでない限り。

魔力を扱わない人間には、魔物は手に負える代物ではないのだ。

「ちょ、ちょっと……、具合でも悪くなりゃいいやって……、殺すとか、そんなつもりじゃなかったんだ……！　信じてください……！」

取り縋る男を、神官は冷淡な眼差しで突き放した。

「人を呪うのは、背信者のすること。神殿にあなたを救う術は存在しません。これはあなた自身の罪。お引き取りください」

「そんな……、神官さま！」

男はかすれたのどで悲鳴を上げる。

神官は追い打ちをかけるように、冷たく言い放った。

「死後あなたの遺体が見つかったら火葬にして差し上げます。しかし呪いを受けた魂が浄化されることはないでしょう」

「ひ……！」

男は何度かひ、ひ、と引き攣るような呼吸を繰り返したあと、床に丸くなって嗚咽を漏らし始めた。

「行くぞ、リヒト」

「でも……」

「放っておけ」

たしかに、なにかしてやれるわけではない。他人に呪われたなら、呪術者を特定して呪いを返すことができるが、本人がかけた呪いを解く術はない。

だから安易に黒魔術に手を出してはいけないのだ。

この男の場合は自業自得だ。でも、言葉に表しがたいもやもやしたものが胸に残る。

後ろ髪を引かれる思いで、神官に促されて部屋を後にした。


リヒトは夕刻の町を、ぼやきながら足早に歩いていた。

「こんな失敗、久しぶりだな」

先ほどの男のことが頭から離れず、気もそぞろに廊下を歩いていたら、角を曲がった瞬間に食事係の下働きの少年にぶつかってしまった。

運の悪いことに、少年は誕生日の焼き菓子を持っていた。神殿では、誕生日の人間には夕食時に特別な菓子がつくことになっている。年に一度の楽しみだ。誰かのための、その菓子が割れてしまったのである。

完全にリヒトがぼんやりしていたから起きた事故で、少年に平謝りして、神官には代わりの菓子を買いに行く許可を得た。

菓子店が閉まる前に無事焼き菓子を購入し、神殿に向かって大通りの雑踏を縫って歩く。

ふと、目の端に先ほどの男がよぎった気がして振り向いた。

人ごみに紛れてすぐに見えなくなってしまったが、本当にあの男だったろうか。

どうにも消化できず男のことばかり考えているから、見間違えたのかもしれない。でも気になる。リヒトが神殿を出る前に部屋を覗いてみたときは、もうあの男はいなかった。

（一応確認するだけ……）

別にそれがあの男だったとてなにができるわけではないが、このまま帰るのはどうにも気が収まらない。

男が消えた辺りの路地に入っていくと、途端にうらぶれた雰囲気の店が立ち並ぶ細い通りに出た。

大通りから一本入った道には、こういう店が密集しているところが多い。表の通りには華やかな洋品店、食料品店、宝石店などが軒を連ねるが、裏は質屋、貧民食堂などがひしめいている。なにを取り扱っているかわからない店もたくさんある。

夕刻に入っているせいか、こちらの通りもなかなかの混雑具合だ。裏通りは夜間が活発なものである。あの男はどっちに行った。

見回すと、ちらりと男の服らしいものが角を曲がっていくのが見えた。

「ちょっと、すみません」

人にぶつかりそうになりながら、男の後を追う。

神殿の人間が裏通りを歩くのは目立つのだろう。通行人にじろじろと視線を向けられる。

男が曲がったと思しき角を覗き込むと、さらに薄暗く狭い路地になっていた。両側に間口の狭い怪しい店が立ち並ぶ。

売春宿が多いらしく、店先に屈強な男が立っていたり、二階の窓から安いドレスで着飾った女性が顔を覗かせたりしている。

場違いなリヒトの姿に好奇と敵意の眼差しが注がれているのを感じながら、男の姿を探した。

どこに行った？

もしどこかの店に入ってしまっていたら、もうわからない。

ちらちらと店の中を覗きながら歩いていると、やや引っ込んだわかりにくい場所に、いかにも怪しい店を見つけた。近づいてみると、入り口に黒いカーテンを引いた小さな店からぼそぼそとした声が聞こえてくる。店名も出していない。

あの男かもしれないと耳をそばだてると、かすかに会話が聞こえてくる。

「……香辛料の強い料理か、度数の高い酒に混ぜろ」

「効果はどれくらいで現れる」

「五分から十分てところだ。人目のある場所で使うなよ」

これは……、と緊張した。

もしや、毒薬の受け渡しではないか。

こっそりとカーテンの端をめくって中を覗くと、あきらかに呪術師とわかる男が、テーブル越しに細身の男性客に薬袋を手渡していた。

衝動的に、店の中に踏み込む。

「なにをやっている！」

人を殺害するための毒薬の販売は法で禁止されている。一人で踏み込むのは危険だと思っても、神殿の人間として見過ごせない。

呪術師と客はそろって振り向いた。客は突然入ってきた神官服の少年に驚き、「ひゃっ！」と飛び上がって壁に後ずさる。

「今、毒薬の受け渡しをしていたろう」

客が手にしている薬袋に目をやりながらリヒトが詰問すると、

「や……、俺は、別に……」

熱いものででもあるかのようにそれを床に放り投げた。

呪術師は薄笑いを浮かべ、のっそりと椅子から立ち上がった。無精ひげを生やした中年の呪術師は、リヒトと視線を合わせたままテーブルを回り込んで近づいてくる。リヒトも怯むものかと強い視線で睨み返した。

呪術師は床から薬袋を拾うと、客に「行け」と顎をしゃくる。客は弾かれたように手ぶらで店を飛び出していった。

「待て……！」

とっさに追おうとするリヒトの腕を、呪術師がつかんで止める。

「触るな！」

振り払うと呪術師は簡単に手を離し、おどけたように両手を上げて降参のポーズを取る。馬鹿にされているのがわかり、剣呑に呪術師を睨み据えた。

「毒薬を手渡す現場を目撃した。おまえを神殿に連れて行ってしかるべき審議にかける」

呪術師はにやにや笑いながら、薬の袋を振った。

「嫌だなぁ、神官さま。毒薬なんかじゃない。これは媚薬さ。惚れた女を手っ取り早くその気にさせたいんだと」

信用できず、リヒトは疑り深い眼差しを向ける。媚薬なら罰せない。

呪術師はからかいの笑みを唇に乗せたまま、一歩リヒトに近づいた。内緒話のように囁く。

「疑うなら、目の前で飲んでみせてもいいぜ？　その代わり、火照った体の相手をしてくれるんだろうな？」

　カッとなって、思わず男を突き飛ばす。

　呪術師はからからと笑うと、薬袋をテーブルに放り投げた。

「帰んな、ぼっちゃん。おまえみたいなガキの来るところじゃない。次は大人も引き連れて、準備整えて来るんだな」

　その頃には、とっくに店を引き払って姿を消しているだろう。

　毒薬であるという決定的な証拠や自白がない限り、捕まえることはできない。店を探せば毒や呪術に使う小物が簡単に出てくるだろうが、現時点で捜索できるだけの根拠がない。けれど。

「呪術師というだけでも拘束はできる。一緒に神殿に来てもらう」

　呪術師はひらひらと手を振った。

「いつ俺が呪術師だなんて言った？　看板でも出てるのか？　ただの親切な町の薬売りさ。ちょっとばかり大人の薬も扱うってだけの。じゃあな、もう来んなよ」

　平気で嘘をつく。

　呪術師はもうリヒトに興味を失ったように、店の奥に引っ込もうとしている。

　悔しさに奥歯を噛んだとき、カーテンが開いて転がるように呪いを受けた男が入ってきた。

「あなたは……！」

　見つけた！

だが男はリヒトなど目に入らぬように、ずかずかと店に入り込むと呪術師の腕にしがみついた。

「た、助けてくれ……！　俺に憑いた呪いを剝がしてくれ……！」

呪術師は男をちらりと見てから、リヒトに視線を移して冷ややかに笑った。

「悪いねえ、俺は今薬屋さんなんだ。解呪は薬じゃなんともならねえんだよ。残念だけど、運が悪かったと思って諦めな」

「そんな……！　か、金ならあるんだ、頼む……！」

男は腰につけた皮袋から、じゃらじゃらと金貨を取り出して見せる。家が一軒建つほどの大金だ。全財産かき集めてきたのだろう。

呪術師は肩をすくめて、男の指を一本一本引き剝がした。

「文句ならそこのガキに言え」

男は血走った目でリヒトを睨む。

だがリヒトは男より、すげない呪術師の言葉に引っかかった。

「あんた……、呪いを解くことができるのか？」

呪術師は呪いを解ける前提で話をしている。まさか、神殿でもできないことがこの呪術師にはできる？

呪術師は片方の眉を上げ、蔑むような目をした。

「蛇の道は蛇ってね。おきれいな白魔術とは系統が違うんだよ。やり方なんかいくらでもある」

目を見開いた。

呪われた男の所業は自業自得ではあるが、助かる命をむざむざ見殺しにせずに済むのであれば。心から反省し、罪を償ってやり直すこともできるではないか。

「やってみせてくれないか」

今度は呪術師が目を見開いた。

「おいおい、なんの罠(わな)だ？　神官の目の前で黒魔術を使えって？　それで黒魔術を使った罪で捕まえようってのか、冗談じゃない」

「神殿に報告はしない。約束する」

知りたい。もしそんなことが可能ならば。

「そんな言葉が信用できるか」

呪術師にとってみれば、神官に黒魔術を使うところを見せるのは自殺行為だ。リヒトもそれなりの危険を冒さねば、彼が同意しないのは当然である。

「血の約束を結ぶ。それならいいか」

血の約束とは、契約媒体に互いの血を使い、約束を結ぶ方法である。もし約束が破られることがあれば、破った側に強制的な死が訪れる。

一見黒魔術的だが、これは白魔術者同士でも真摯な契約の際は一般的に取り交わされる方法だ。特に国家間、もしくは大きな約束事に使われることが多く、個人間ではよほどのことがない限り使われないが。

もちろん呪術師と血の約束を結んだと知られれば、危ういのはリヒトの方である。でも、それでも知りたい。

呪術師は興味を持ったように、楽しげに唇を吊り上げた。

「なるほど。普通の神官と違うみてえだな、面白い。いいだろう。社会勉強だ、見せてやる」

そして呪術師は続けて男に、

「おまえは絶対に他言するな。万一このことが神殿に知られるようなことがあれば、俺がおまえを呪い殺す」

そう告げると、男は必死になって「約束する……！　助けてくれ！」と叫んだ。死後の魂も救済されない呪殺の恐怖に怯える男が、他言することはないであろう。

呪術師は魔法陣を描いた布を広げ、男を座らせた。

「なにがあっても、そこから出るなよ」

口の中でなんらかの呪文を唱え、正面から男を凝視する。体の内側を見透かすような視線が、男の全身を上から下までなぞっていった。

「ずいぶん低級な魔物をつかまされたんだな。じゃあこの程度でいいか」

呪術師はテーブルの向こうの棚に並ぶ瓶のうち、小さなひとつを手に取った。呪術師はリヒトに顎で後方を示す。

「俺の後ろに来い。声は出すな」

黒魔術に巻き込まれないようにだろう。

大人しく移動し、呪術師の肩越しに男を見た。

呪術師が瓶の蓋を外すと、形容しがたい悪臭が漂う。呪術師が上げた右手に、黒い塊が纏わりついた。どう見ても大きな耳の黒猫で、黄色い目が光っている。

（魔物だ……）

リヒトは息を潜めて黒猫の魔物と呪術師を見た。

呪術師は可愛がるように黒猫を指先で撫でると、男が床に散らばせた金貨のうちの二枚を拾った。黒猫の目の前でくるくると回し、甘い声で囁く。

「ほら、おまえの好きなぴかぴかの金貨だ。これをやるから、あそこの魔物を食ってこい」

呪術師はきらりと目を光らせた黒猫の両耳に金貨を嵌め、男の胸の前に捧げ持った。男は脂汗を流しながら、動かないよう必死に目を閉じて体を硬直させている。

黒猫は男の胸に鼻面を当て、くんくんと匂いを嗅いだかと思うと、長い手を伸ばしてサッとなにかをつかみ取った。

「ひゃ……っ！」

男が肩をすくませる。黒猫の口には、虫のような魔物が咥えられていた。

ごく、とリヒトののどが鳴る。

まさか、こんなに簡単に？

黒猫は上を向くと、咥えた魔物をひと息に飲み込んだ。ナゥ……、と甘えるような声で鳴き、呪術師に丸い頭をすりつける。

呪術師の、

「ご苦労」

という言葉とともに、黒猫が床に飛び降りた。金貨を耳孔に嵌めたまま店の外に逃げていく。

「あっ」

目で追ったリヒトを、呪術師は「放っておけ」と手で制した。

「でも、魔物が逃げるだろ」

「俺が契約して使役した魔物だ。おまえは使役精霊の用が済んだら殺すのか？　いちいち殺してたらこっちもすぐに命を狙われる。術師と使役魔は持ちつ持たれつだ」

金貨と引き換えに、魔物を使役する。やっていることは白魔術の精霊使役と変わらない。神官は精霊と契約し、呪術師は魔物と契約する、それだけだ。

呪術師は腰に手を当て、男を見下ろした。

「気分はどうだ？　憑きものは落ちただろ？」

男は呆然とした顔で心臓に手を当て、深く息を吸い込んだ。

「消えてる……」

みるみる、男の表情が晴れ渡っていく。

「消えた……、呪いが消えたぞ……！」

男は飛び上がらんばかりに元気よく立ち上がり、呪術師の手を力強く握った。

「あ、ありがとう……、ありがとう！　あんたに頼んでよかった！」

男は呪術師にキスせんばかりに感謝を表し、リヒトに狂気めいた顔を向けた。

「なにが神殿だ、神なんて役立たず！　クソくらえだ！」

「なんだと」

男の言いざまに、攻撃的な気分になる。

呪術師はくっと笑うと、手で男を追い払う仕草をした。

「さっさと行け。これに懲りたら、二度と素人が中途半端に黒魔術に手を出すな」

男はもう一度神殿に呪詛の言葉を吐き捨て、大股で店を出て行った。

呪術師は椅子にかけると、行儀悪く足をテーブルの上に乗せて組んだ。

「さて、どうだった？　お若い神官さまにゃ、魔物を間近で見るのも初めてだったんじゃないか？　可愛いもんだろ？」

正直、ショックだった。

あんなに簡単に魔物を落とせるなんて……。

言葉の出ないリヒトに、呪術師は滔々と続ける。

「あの程度の低級魔物でも、白魔術で祓おうと思ったらバカみたいに魔力を消費して面倒なことするんだろ？　まったく神殿のやることは効率が悪い」

そもそも本人に跳ね返った呪いを解く方法は白魔術にはない。他者から呪いをかけられたときには、呪術者を特定して対処のしようもあるが。

それだって膨大な魔力で呪術者を追跡せねばならない。

「それにしても……、あんなに簡単なんて……」

「相性の問題だよ。なんて言えばいいかな……、そう、例えばたき火を消すのに、おまえたちは一所懸命素手で風を起こしてるみたいな。水をかけりゃ早いのに。要するに適した魔術なら難しいもんでもねえってこった。さっきみたいな使役魔物の呪いなら、数倍強力な魔物に退治させれば一発だ。もちろん、それだけの魔物を扱える力がなきゃ無理だが」

男は引き出しから酒を取り出し、一口呷った。

「ま、白魔術しか使わない神官には、縁のない方法だ。俺たちにとって、善人か悪人かなんて関係ない。金を落としてくれりゃ誰の依頼でも引き受ける。正しいことばかりしてるわけにもいかない庶民には、俺たちみたいなのも必要なんだよ」

わかったら帰んな、と男は笑いながら手を振った。

リヒトは打ちのめされた気持ちで、神殿までの道を歩き始めた。

白魔術を網羅して強くなったつもりでいたが、自分などまだまだだ。呪術師が虫けらのように退治した低級魔物さえ祓えない。

どうすればいい？

どうしたらもっと強くなれる？　自分は、このままでいいのだろうか——？

＊

七月になると、十月の神官試験の最終意志確認が行われる。

神官試験を受けるということは、職業として神官を選択するということである。転職も可能だが、ほとんどは生涯を神官として過ごす。

神官試験を受けるためには、専門の寄宿学校で学び、決められた実務をこなさなければならない。リヒトもそのために十歳の頃から学んできた。

だが——。

「試験を受けないだと？」

ローマンは驚いてリヒトに問い返す。

リヒトはローマンと視線を合わせたまま、しっかりとうなずく。

「はい。決めたんです。おれは……、黒魔術の修行に出ます」

わざわざ黒魔術を覚えるなどと宣言する必要はないのかもしれない。けれど、言わずに神殿を後にするのは卑怯に思えた。

ローマンは目を見開き、言葉を失ったまま数秒リヒトを見つめた。リヒトの中に確固たる意志が輝いているのを見ると、温厚なローマンには珍しく険しい表情を見せた。

「なぜ。魔物に誑かされでもしたか」

「強くなりたいんです。どんな魔物も倒せるくらい。呪いに憑かれた人間も救えるくらい」

呪術師と出会ってから、何度も何度も考えた。

自分はどうしたいのか。どうなりたいのか。

出した結論は、自分がなりたいのは神官ではないということだった。少なくとも現行の神官という役目が、自分のしたいことの足枷になる部分がある。

黒魔術を覚えたい。そして呪いに対抗する力を手に入れたい。白魔術も黒魔術も使えたら、最強なのではないか？

そう気づいたら、もはや神官になる道は目指せないと悟った。

ローマンは怒りに震え、彼らしくない大きな声を出す。

「許さんぞ、リヒト！　きみほどの才能が……！　わたしはきみを、いずれ副神官長に推薦できる人物とさえ考えていたんだ！　黒魔術などに手を染めたら神殿から追放になるぞ！」

ローマンには、家族を失ってから本当によくしてもらった。神殿に来る前からも孫のように可愛がってくれていたし、自分も祖父のように慕っていた。神殿にも世話になった。後足で砂をかけるような真似をするのは心苦しいけれど……。

「今まで、ありがとうございました」

感謝と謝罪を込めて、深く、長い間頭を下げる。

これまでのローマンとの想い出ややり取りが、次々と頭の中に浮かんだ。自分がどれほど恩知らずな真似をしているか。

意志を緩めれば今すぐにでも「やっぱり神殿に残ります」と口をついて出そうになる。唇を噛んで、ぐっと堪えた。

「……呪術師になるというのか？」

「呪術師にはなりません。あくまで、魔物の討伐と人を救うための技術を身につけたいと思っています」

「黒魔術を覚えるなら、呪術師嫌疑できみを幽閉することもできるのだぞ」

「出してもらえるまで待ちます。何年でも」

単純に黒魔術を覚えるというだけでは、長期間拘束することは難しいはずだ。禁術を使うか魔物を使役して初めて、呪術師として捕らえることができる。

リヒトの意志が変わらないことを悟ると、ローマンはもはや引き留める言葉を発しなかった。最後に顔を上げて見たローマンの目には怒りと悲しみと落胆が入り混じり、リヒトの胸を刺した。

神官長室を出ると、ホレイショが立っていた。なにも言わず静かな眼差しでリヒトを見ている。一礼して隣を通り過ぎるときも、ホレイショは声をかけてこなかった。

自室に戻ったリヒトは荷物をまとめ始めた。寮生活で、持ち物は多くない。数枚の着替え、革の水袋、身を守るための懐剣、火打ち石、蠟燭（ろうそく）とランタン、給金としてもらった金子、魔術書は重いので一冊だけ。それらを背囊（はいのう）に入れ、肩に担いだ。

荷物をまとめ終わる頃にはリヒトが神殿を出ていくことは知られていて、部屋の外に見習い神官の友人たちが集まっていた。

部屋を出ると、集まった友人たちの困惑の視線に囲まれる。みな自分から口を開くことができないまま、遠巻きにリヒトを見ている。

黒魔術を覚えようとするなんて、彼らにとってみれば気が触れてしまったと思われる決断だ。

リヒトは重い空気を吹き飛ばすように明るく笑った。

「今までありがとな、みんなと勉強するのすごく楽しかった！　道はちょっと違っちゃうけどさ、おれ魔物退治に力入れるつもりだから。またどっかで会えると思う。そのときは共闘してくれよ」

友人たちが顔を見合わせた。誰も言葉をかけてこない。

仕方ないか、と苦笑して歩き出せば、人の壁が分かれる。リヒトに触れるのが恐ろしいように。

二つに分かれた人垣の向こうに、蒼白(そうはく)な顔色で走ってくるカウゼルを見つけた。

「リヒト！」

「カウゼル」

上級神官見習いの寮から走ってきたのだろう。息を切らせ、髪も乱れている。

「リヒト、神殿を出ていくって本当？　黒魔術を覚えるって……」

誰もはっきり口に出せなかったことをカウゼルが尋ね、周囲の空気がぴんと緊張した。

「ああ」

簡単に肯定したリヒトに、カウゼルはくしゃっと顔を崩した。

「なんで……、ぼくが、変な本見せたりしたから……？」

「違う。もっと強くなって魔物を殺したい。ただそれだけだ」

「神官だっていいでしょう⁉　警護隊に入って、町を守れるんだし。わざわざ黒魔術なんて使わなくても、魔物は討伐できるよ！　一緒に神官になろうよ！」

神官の常識では、白魔術使いが黒魔術も覚えるなんて、勝てるならどんな卑怯な手も厭(いと)わない、と同義である。

でもだからこそ、リヒトは神官を断念する。人々の暮らしを包み込むのは他の人に任せて、自分は魔物を滅する側に回りたい。たとえ嫌悪されても。

「黒魔術なんて危ないよ！　失敗したら魔物に精神を乗っ取られたり、食い殺されたりするんだよ？　ぼくはリヒトが危険な目に遭うのは嫌だ！」

「カウゼル」

リヒトは穏やかに笑った。

「ありがとう、カウゼル。おまえ、きっといい神官になるよ。強くてやさしいもん」

カウゼルは下唇を噛みしめ、小さな顎を震わせた。リヒトを見つめる目が、今にも濡れそうに揺れる。

やがてなにかを決意するように、強く握った拳を自分の下腹に押し当てた。

「ぼく……、頑張るから……。いつか、リヒトが神殿に戻って来られるように……。いっぱい勉強して、出世して、神殿がもっと柔軟に魔術を扱えるよう変えていくから……」

神官は嘘を言わない。だから叶えられそうにない、口だけの約束はしない。

それなのに、リヒトが帰ってくる場所を作ると言っている。本気で言ってくれているのだとわかる。

「頼んだぞ、カウゼル。いつか必ず戻って来るから」

堪えていた涙を溢れさせたカウゼルの髪に、やさしく手を置く。やわらかな巻き毛が、彼の心みたいだと思った。


夏の森は、中に入ってしまえば涼やかだ。木々は若々しい緑の香りを振りまき、重なった葉が日差しを遮ってくれる。

それでも歩いていれば汗が滲む。リヒトは革の水袋に詰めた水をひと口含んで息をついた。

「ふぅ」

半人半魔の魔物、マレディクスの住むと言われる森まではそう遠くなかった。

神殿のある大きな町から南へ、村をひとつ越えた先の森。黒の森と呼ばれるその場所に、マレディクスの館がある。

マレディクスは、かつては貴族の別邸だった館に棲みついているという。普段は姿を見せず、夜になるとときおり徘徊する姿を村人が目にする。そして満月の晩は、町まで足を延ばしているらしい。

「この道でいいんだよな」

森の中には一本道が奥に向かって続いている。魔草が多くなってきていることから、強力な魔物の棲み処に近づいていることがわかった。

リヒトの視界の端を、ちらっと黒い影が横切る。

「魔物……」

目を細めて、姿を確認する。たいして害のありそうな大きさでもない。

町中であればどんなに小さな魔物であっても殺したいところだが、おそらくマレディクスの館に近づくにつれ数が増える。魔物たちはマレディクスの強い魔力に引き寄せられるからだ。いちいち殺していたら先に進めない。

ふいに魔物に襲われても対応できるよう、リヒトは懐剣を取り出して慎重に歩みを進めた。

突然、リヒトの目の前を白い鶏がぴょんと跳ねて横切る。

「え?」

鶏?

と思う間もなく、少女の高い声が被さる。

「待って待って待って〜!」

ぎょっとして振り向くと、少女が鶏を追いかけてきた。とっさに避けてしまった鶏は甲高い叫び声を上げながら森に逃げていく。

「待ってぇ!」

少女が叫び声を上げる。

ブルーのエプロンドレスに身を包んだ少女は十歳に満たないくらいだろうか。くるくると巻いた金色の髪を揺らしながら走ってくる。

どうしてこんな場所に女の子がとか、なぜ鶏がとか、考える暇もなく声が飛んできた。

「そこの人、鶏を捕まえて！」

「え、お、おう！」

鶏はすばしこく、触れたと思うとするりと逃げて、捕まえるのに相当苦労した。鶏を捕まえる白魔術があればいいのに、と思ったほどだ。

少女は手押し車に檻を乗せて、鶏を運んでいたらしい。倒れている手押し車を起こして、鶏を檻の中に入れてやっと息をついた。

途中で手押し車を倒してしまったのだろう。中にあったと思しき卵が全部道に転がって割れているのを見て、少女ががっかりした声を出した。

「せっかくエンデの好きなオムレツを作ってあげようと思ったのに……」

しょんぼりしていて気の毒になる。

「どこまで運ぶの？　手伝おうか？」

申し出ると、少女は不思議そうに首を傾げた。

「あなた、なんでこんなところにいるの？　道に迷ったの？」

リヒトも首を傾げた。それを言うなら、この子こそなぜこんなところにいる。

森の住人にしては恰好がきれいすぎる。貴族の娘が持っている少女人形のようだ。森に避暑用の別邸を構えている裕福な商人の娘？

でもそんな子が自分で鶏なんて運んでいるだろうか。

いや。

愛らしい見た目をしているからといって、凶悪な魔物でないとは限らない。むしろ人の油断を誘うぶん悪質だ。人語を解するレベルなら相当危険なはず。

だが少女の体からは魔力も悪意も感じない。

不思議な少女の全身を、油断なく観察する。

少女は空のように美しい大きな青い目で不審そうにリヒトを見た。

「聞こえてないの？　あなたレディをじろじろ見て失礼よ」

ハッとして視線を少女の顔に戻す。

「あ……、ごめん。こんな森の中で女の子に会うと思わなかったから。この辺りの子？」

「そうよ。あなたは？」

森に住んでいるのか。

だったらマレディクスのことを知っているかもしれない。

「マレディクスに会いに来た。知ってる？」

「変な名前。さあ、知らないわ。この辺にはあたしとエンデだけ」

マレディクスが住んでいるのはこの森ではないのか？　心配になってきた。

「でもとりあえず、零(こぼ)れてしまったお水の代わりが必要でしょう？」

少女に言われ、リヒトの革の水袋が落ちて中身が零れているのにやっと気づいた。鶏を追っているうちに落としてしまったらしい。

少女はにっこり笑って優雅に膝を曲げた。

「あたしのこと、お礼も言えない無作法な人間だと思わないでね。鶏を捕まえてくれてありがとう。あたしはアンリエッテ。お水をわけるから、あたしの家まで来てくれる？　お礼においしいハーブティーも飲んでいって」

ともすれば生意気にも聞こえる少女の大人びた口調は、商売人の家で生まれたリヒトには好ましいものだった。

「助かるよ。おれはリヒト」

「こっちよ、リヒト」

アンリエッテに先導され、手押し車を押しながら後をついて歩く。

木や草の陰から小さな魔物がたびたび顔を覗かせるのを視認しながらも、この森は平和に見える。リヒトたちを襲ってくる素振りも見せず、普通の小動物のようだ。

曲がりくねった道をしばらく歩いて行くと、木々のすき間からなにかがきらっと目を射した。

「湖……」

小ぶりの湖が、森の中に広がっていた。数時間もあれば周囲を一周できてしまいそうな湖だが、宝石のように美しい。

水色の湖面は太陽の光を反射して鏡のように輝き、対岸の岸辺の濃い緑が目にさわやかだ。水面に浮かぶ水鳥の周りに水の輪ができているのがほほ笑ましい。

平和な森の中に、その館はあった。

二階建てで大きくはないが、外壁はみっしりと石を積み上げて作ってあり、頑丈そうだ。何百年も持ちそうな作りである。苔や蔦が絡まっていて、年代を感じさせた。

「こっちからどうぞ」

アンリエッテに案内され、館の正面でなくキッチン直通の裏口から入る。鶏の入った檻は、キッチンの隅に置いた。

「お茶を淹れるわね、座ってて」

アンリエッテは手際よくお茶の準備をしていく。まったく普通の家に見えた。

「メイドは?」

「いないわ。あたしとエンデ二人だけで住んでるの」

こんなところで。半人半魔の危険な魔物が近くにいるかもしれないのに。

訳ありだろうか、とキッチンを眺め渡したとき、乱暴に扉が開かれた。

「その男から離れろ、アンリエッテ！」

飛び込んできた姿に、目を見開く。

「マレディクス……！」

古めかしい貴族のような豪奢（ごうしゃ）な絹のシャツに身を包み、険しい表情をしてアンリエッテを自分に引き寄せる。

アンリエッテは驚いて目を丸くした。

「こんな時間に出てきたりしてどうしたの、エンデ」

エンデ？

満月の夜に見たマレディクスは、魔物らしい文様のある体を晒（さら）していた。その魔物がまるで貴族のような服を着ていると違和感がある。顔立ちだけなら王子と言っても通るほどなのが、余計にアンバランスに感じた。

マレディクスはリヒトを睨みつけながら、アンリエッテを背に庇（かば）う。

「こいつは神官だ」

アンリエッテがぎくりとしてリヒトを見る。

魔物討伐に来たと思われたのか。リヒトは慌てて否定した。

「違う、おれは今神殿に属していない。あんたに会いにきたんだ、マレディクス」

マレディクスは剣呑な眼差しでリヒトを見る。彼の瞳が赤でなく、透き通ったアイスブルーなのに気づいた。

そっくりだが、もしや他人なのか？　でもリヒトを神殿の人間だと知っていた。あの夜出会っただけだから、警護隊の神官と思われているだろう。マレディクスに間違いない。

「俺に？　神官ではないとしたら、なんの用だ」

顎を引き、ごくりと唾を飲んだ。

「あんたに……、黒魔術を教えてほしい」

マレディクスの眉間に深い皺が刻まれる。眉もまつ毛も髪と同じ白銀なのだなと、こんなタイミングでなぜか思った。

「黒魔術を教えろ？」

白魔術は基本的に神殿で学ぶ。職業としての聖職者がほとんどだ。

黒魔術はもともと魔物が使う闇の力で、国が認める公式魔術ではない。呪術師はなにかに恨みを持って道を踏み外した人間だったり、規律に背反したがる性質だったり、呪術師の家系の出身だったりである。

当然白魔術のように学校のようなものはなく、魔物か呪術師に教えを乞うか、失敗しながら自分で覚えるしかない。だが黒魔術の失敗の代償は大きい。

魔物が使う黒魔術で人間が大成するというのは、白魔術を極めるより難しいことなのである。

「白魔術使いがなにを言っている。おまえたちにとって、黒魔術は忌避すべきもの。なにが目的だ」

「目的？」

ふいに家族の最期の姿が浮かんできた。

同時に魔物に対する恐怖と、それをはるかに凌駕する怒りが。

――――おまえが言うのか、その口で。

魔物さえいなければ、家族はまだ生きていた。リヒトの人生は白魔術にも黒魔術にも関わらず、家族で毎日楽しく笑い合っていた。憎しみで毎夜腹の奥を焦がして、喪失の涙で枕を濡らすこともなかった。

目の前の魔物の姿に、視界がくらくらするほどの憎しみを覚える。

魔物さえいなければ――――！

「……あんたを殺せるくらいに強くなりたいから」

自分でも驚くほど低く冷たい声だった。

「だめよ！　エンデ、こんな人追い出して！」

アンリエッテが仔猫のような声で叫ぶ。

マレディクスの瞳に、ふと理解しがたい色がよぎった。ほんのわずか、安堵に見えたあの色はいったい……？

アンリエッテが、憤怒の表情で一歩前に出る。

「だいたい、マレディクスってなに？　エンデのことを変な名前で呼ばないで！」

マレディクスはアンリエッテの肩を押さえて宥めると、自嘲するように唇の端を吊り上げた。

「マレディクス……、呪い、邪悪、か。俺がそんなふうに人間に呼ばれていることは知っている。ぴったりだ」

アンリエッテはマレディクスを見上げ、瞳を曇らせた。

「やめてエンデ、そんなこと言わないで」

ぎゅ、とマレディクスにしがみつく。

あたかも仲のいい兄妹のようで、自分が意地悪をしている気分になった。

マレディクスは愛（いと）しげにアンリエッテを抱きしめ、金色の巻き毛にキスを落とす。そんな仕草はまるで人間のようで、得体の知れないもやがリヒトの胸に湧いた。

魔物のくせに、人間みたいなふりをして。

マレディクスは顔を上げると、リヒトの心を見透かすような透き通った青い目を向ける。

「断る。と言ったらおまえはどうするんだ」

「受け入れてくれるまで粘る」

まっすぐに返した言葉に、マレディクスは眉間に皺を刻む。

「なぜ俺に」

強くなるためなら、殺したい相手であっても頭を下げる。使えるものはなんでも使う。

「おれが知ってる中で、あんたが一番強いから。言葉も通じる」

ち、とかすかに舌を打つ音が聞こえた。

町で遭遇したとき、言葉を交わしたことを失敗に思っているのかもしれない。

「呪術師に師事すればいいだろう」

「おれは呪術師になりたいわけじゃない。それに、どうせなら一番強い奴から技術を盗む。おれがなりたいのは、二番じゃないんだ。一番じゃなきゃ、あんたを殺せない」

半分魔物のマレディクスとは、身体能力からして違う。彼を超えるなんて夢物語でしかない。

それでも、目標を低く持つことになんの意味がある？

もともと黒魔術なんて命と引き換えに修行せねばならないものだ。最初から命を惜しんでいて、極められるわけがない。

「自分を殺すと宣言している人間を側に置くと思うのか。出ていかないなら今すぐ俺がおまえを殺すぞ」

「まさか怖いってことないだろ？　たかが人間を」

こんな安い挑発に乗るとは思わないが、自分に取り引きできる材料はない。

アンリエッテはリヒトを振り返ってきつい眼差しを向けた。

「あたしは反対よ。こんな人だとわかってたら、家に入れたりしなかったわ。お水はあげる。早く出て行って、暗くなる前に。夜の森は怖いわよ」

マレディクスが軽く手を振った。

「うわっ！」

瞬間、重い質量の突風に巻き込まれたように、リヒトの体は扉の外へ弾き飛ばされていた。裏口の外の地面に、ごろごろと転がる。

「……っ、いってぇ……」

回った視界を取り戻そうと首を左右に振るリヒトの胸に、水の詰まった革袋が飛んできて叩きつけられた。

バン！　と大きな音がして扉が閉まる。

魔術で追い出されたのだ。

「くっそ」

起き上がり、扉を開こうと試みたが、もう取っ手を動かすこともできなくなっていた。このぶんでは、館のどの扉も閉じられているだろう。

「やっぱいきなり引き受けてはもらえないかぁ」

それはそうだ、と納得する。もし自分がマレディクスの立場でも引き受けない。

「なんで本音言っちゃったんだろう、おれ……」

自分の愚かさにため息をつく。

強さに憧れたとか、神殿のきれいごとに飽き飽きしてとか、いくらでも言うことはできただろうに。今さら「聖職者は嘘を吐かない」などという矜持を守る必要もない。

でも殺されなかった。

リヒトを殺すことなんか簡単だろう。リヒトの家族を殺したあの魔物を屠ったように、数秒もかからず命を奪えるはずだ。

なのにそうしなかったのは、アンリエッテの前だったからか。

そう思ってから、皮肉な笑いを零した。

「そんなの、人間みたいじゃん」

ばかばかしい。殺戮を好む魔物にそんな感情があるものか。

とにかくマレディクスにリヒトを殺す気はなかった。充分だ。いつかマレディクスかアンリエッテが痺れを切らして外に出てくるだろう。それまで待つだけだ。

「じゃ、野宿の準備といきますか」

リヒトは背後の森を見渡すと、腰を落ち着ける場所を探しに出かけた。

森の中は日没後から明け方にかけてぐっと気温が低くなる。日中と同じ格好では震えるほどに。

道に迷ったりマレディクスを見つけられなかったりを想定して、近くの村で野宿に必要なものは買って来てある。

防寒用の上着を肩にかけ、火をつけた蠟燭をランタンに入れた。魔物も獣も火を嫌う。汲んできた湖の水を魔術で聖水に変え、自分の周囲に振り撒いた。これだけで低級な魔物は寄ってこない。こんなとき、白魔術を覚えていてよかったと思う。

館が見える位置に腰を下ろし、大きな木に寄りかかる。しんと静まり返った館は真っ暗で、生きものの気配を感じない。

マレディクスが眠っている図を想像できない。きっと起きているに違いないのに、リヒトがいるのがわかっているから灯りを点けないのか、夜目が利いて灯りが必要ないのか。とにかく、姿を見かけたら何度でも弟子入りを懇願すると決めた。そうでなくとも奴の行動を追って魔術を盗む気でいる。

見上げると、空に広がる月と星がとてもきれいに見えた。

「きれいだな」

湖にも夜空が映っていて、夢のような美しさだった。満月から欠け始めたばかりの月は大きく明るい。

マレディクスとアンリエッテも、館の中からこんな空と湖を見ているのだろうか。

しばらく星空に見とれていたら、腹がぐぅと鳴った。

「飯食うか」

村で買っておいたパンを背嚢から取り出す。ウロウロしていたときに採った木の実と革袋の水とともに腹に流し込んだ。

いったん村まで戻ってここに通おうかとも思ったが、その間に彼らがいなくなってしまう気がして。そこまで気にされる存在ではないかもしれないが。

それに満月ではないとはいえ、魔物であるマレディクスが夜間に行動する可能性も高い。ひと晩中見張るつもりだ。

「明日は釣りでもするか」

長くなるなら、もっと腹に溜まる食料が欲しい。

マレディクスの館にこれだけ近いのだから、湖にもなんらかの魔物がいるだろう。魔術を使って彼らを刺激するより、地道に釣り竿でも作って魚を獲った方がいい。

木にもたれて夜空を見上げていると、ちらちらと瞬く星が、胸の中にも宿っていくようだった。

とりとめもなく、思考が浮かんでは消える。

思い出すのは、家族や寮の友達や神官たち、そしてローマン。

家族を失くした自分を快く受け入れてくれた居場所を捨てることに、なんの躊躇いもなかったわけじゃない。いつか自分がもっと強くなったら、陰から彼らをサポートする。

人に忌避されようが、確実に世の中に必要な人間がいる。自分はそういう存在でいい。

揺らがぬ決意を胸に、ゆっくりと場所を変える月を眺めた。


白々と明けていく夜は、たいそう美しかった。稜線（りょうせん）から覗きだす光が湖に射し込み、薄くなった月と同時に見えるのは、えも言われぬ光景だった。

眠気をこらえて立ち上がり、体を伸ばす。

「詰め所で明かした夜みたいだ」

満月の夜を詰め所で明かし、夜明けに警護隊が戻って来ると見習いたちはそろって寮に帰る。月に一度こなしてきたから、館を見張りながら明かす夜もそこまで苦痛ではなかった。他に人がいないぶん話もできず、時間が長く感じるのはいかんともしがたかったが。

結局昨夜はマレディクスもアンリエッテも外に出てくることはなかった。

「どこで寝るかな」

さすがに二十四時間見張るわけにはいかない。どこかで睡眠の時間を取らねば。

昨日の午後にアンリエッテに出会ったことを考えれば、彼女は日中に動いているのだろう。とすると、日中はアンリエッテが外出するかもしれない時間。夜はマレディクスが出歩くかもしれない時間。

決めた。眠るなら夕方から夜までだ。

そう決めれば行動は早かった。

顔を洗い、水に浸した布で体の汗と汚れを拭う。木の枝を削って、釣り竿を作った。糸の先に虫を括りつけ、湖に垂らす。

同時に草を編んだ籠の中に餌になる虫を入れ、ひもをつけて湖に沈めておく。魚が餌を食べるために中に入ったら引き上げる方法だ。これは以前寮の友達に教えてもらった。

リスやうさぎを狩りに行くのもいいが、しばらくは館からあまり目を離したくない。館を見張りながらできる魚釣りは都合がよかった。

湖の魚は人間に荒らされていないせいか警戒心が薄く、簡易な魚とりの割に釣果はまずまずだった。

館の近くに生えていたハーブとベリーの実を潰して淡白な魚の味つけにする。木の枝に差して焼いた魚の皮がぱちぱちと音を立て、いい香りが漂った。

「美味いじゃん」

上級神官以外は、身の回りのことを一人でこなさなければならない辺境に配属されることもある。そのため、ひと通りの家事ができるよう仕込まれる。その経験が役に立った。

特に体を作る基礎になる料理は好きだった。

めったに人間が足を踏み入れないであろう森は豊かだ。数日なら食べるものには困らないだろう。だが。

「さすがに長期戦は厳しいよな……」

ただ毎日弟子にしてくれと懇願して、魔物が受け入れてくれるものかどうか。かといって自分がマレディクスに礼として差し出せるものはなにもない。せめて、あんたを殺したいなんて言わなきゃよかった、とも思うが今さらだ。

とにかく、ひたすら頼んでみるしかない。

百回だめでも、千回頼めば折れるかもしれないじゃないか。いずれマレディクスが報酬として好むものも見つかるかもしれないし。

魚を焼いた火を土をかけて消し、どちらから行こうと逡巡して、館の表扉の前に立った。

力強くノッカーを叩く。

「マレディクス！　アンリエッテ！　いるんだろう？　マレ……」

――エンデのことを変な名前で呼ばないで！

昨日のアンリエッテの声が耳によみがえった。

マレディクスは人間がつけた呼び名だ。忌まわしい魔物として。

誰かが彼につけた本当の名前がある。魔物に犯されたという彼の母だろうか。アンリエッテとの関係はわからないが、マレディクスにも家族がいる。

「…………」

　ひとつ深呼吸して、もう一度ノッカーを叩いた。

「エンデ！　おれに黒魔術を教えてくれ！」

　しばらく待ってみたが、返事はない。

　ため息をつき、またあとで来てみようと踵を返して歩き出したとき、カチャリ、と扉の開くかすかな音がした。

　振り向くと、アンリエッテが扉から半分顔を覗かせてリヒトを見ていた。

　リヒトは布に包んだベリーと魚を差し出す。

「これ、たくさん採れたからどうぞ。美味しかったよ」

　勢いで受け取ってしまったアンリエッテは一瞬面食らった表情をしたが、すぐにきゅっと唇を結んだ。

「もう帰って。エンデはあなたを弟子になんかしたくないの。野宿なんて、いつまでも続けられるものじゃないわ」

「じゃあ館の中に入れてくれる？」

　アンリエッテは愛らしい眉を顰めた。

「帰ってって言ってるの。知らないわよ、危ない目に遭っても」

「弟子にしてくれるまで粘るよ」

リヒトの返事を聞いて、アンリエッテは聞き分けのない子どもに癇癪(かんしゃく)を起こす母親のように声を大きくする。

「本当に本当に知らないからね！」

苦笑しながら肩をすくめると、目の前で勢いよく扉を閉められた。

館を見張れる木の根もとに戻りながら、もしかして心配して声をかけてくれたのかと思ったら、可愛らしくて笑ってしまった。

*

――青い。

ひらひらと、遠くで翻る。

布だろうか。だんだん形を取って……あれは、十歳の収穫祭で着るはずだった服。

母が服を広げて父と祖母に見せる。三人は誇らしげにほほ笑みながらうなずいて、こちらに顔を向けた。

手招きする。

おいで、リヒト。着て見せて。

おれは嬉しくなって、三人に向かって走り出す。温かい腕に受け止められたら、きっととても幸せだ――――。


「起きて、リヒト！」

耳もとで叫ばれた声に、ハッと目を開ける。

突然視界に巨大な魚のような顔が飛び込んできて驚愕した。

「えっ……！」

いつの間にか、腰から下が水に浸かっている！

リヒトの胸に縋りついていた魚のようなものが、すごい力でリヒトを水の中に引きずり込む。

「エンデ！　エンデ来て！　助けて！」

頭が水に潜る直前、振り仰いだ先にアンリエッテの悲壮な顔が見え、互いに伸ばした手の指先がかすかに触れた。

「ぷ、……、っ！」

ごぼっ！　と水の中で息を吐きだす。

たしかに一瞬だけ触れた指先はアンリエッテの手を取れず、自分の身に起きていることを認識するのが遅れた。なにが起きている？

　必死に目を開くと、人と魚の融合した姿の水棲の魔物が数匹、水の底からリヒトの体を引っ張っていた。

（まずい……！）

　眠る前、魔物探知のために小さな精霊を呼び出していた。もし睡眠中に魔物の襲撃があったら起こしてもらえるように。

　それで安心していたのが迂闊だった。眠るリヒトを、湖の中から魔術で呼んで歩かせたのだ。水棲の魔物がいるであろうことは予想していたのに！

　突然のことに肺の中の空気をすべて吐き出してしまい、胸が痛いほど苦しい。引き剝がそうにも水の中では力が入らず、それなのに魔物の力は強い。

　混乱した頭には、なんの呪文も浮かばない。ただ、水を飲んだらお終いだということだけは感じた。

　魔物たちがリヒトの体に纏わりつく。

　体が引きずり込まれていく。湖の中心へと。見えるのは、太陽の光に照らされた澄んだ水と、水魔の半人半魚の非現実的な顔だけ。

　呼吸ができず、苦しくて意識がかすむ――。

「ギャウッ！」

水の中でも、なにかの叫び声が聞こえた。

ふっ、とリヒトの体から魔物たちの手が離れ、自由になったのを感じる。でももう手足が動かない。妙にぼんやりとしている。水にきらきらと輝く光の模様がきれいで。

あ、おれ死ぬな。

脱力した体と同様、意識からも力が抜ける。目を閉じれば、さっき夢に見た家族の笑顔が浮かんできた。幸せで、自分もあそこへ行きたいと……。

夢の続きのように、そちらへ足を向けようとしたとたん――――家族の姿は魔物に惨殺された場面に変わった。

「……っ！」

水の中で目を見開く。

まだ死ねない。

だってなにもしていない。こんな有様じゃ死後の世界で家族に顔向けできない。

（あの方法なら……！）

リヒトはとっさに頭に浮かんだ白魔術を、反射的に実行した。

魔力が自分を包み込み、意識が遠のく。

意識を失う直前、マレディクスの白銀の髪が揺れるのを見た気がした。

3

ゆっくりと意識が浮上する。

体が動くより先に、耳が音を拾う。誰かの話し声。

「…………ままじゃ、……で、……じゃわない？」

急速に意識が明確になっていく。

少しの間を開けて、低い男の声が聞こえた。

「あと一日だけ待ってみよう。それで目覚めなければ神殿に連れて行く」

マレディクスだとわかった。遅れて、さっきの声はアンリエッテだとも。

軽い足音、ついで扉の開閉する軋み。

のどが渇いた。まぶたがひどく重い。自分が呼吸をしていない気がする。

力を振り絞ってまぶたを持ち上げると同時に、意識して深く息を吸い込んだ。

とたん、

「ぐふっ……、ごほ……っ、」

咳き込んで、肩を丸める。仰向けに寝ていたらしく、魚のように体が跳ねた。突然動かされた筋肉が驚いたように、痛みを訴える。

「……っは、ぅ……」

のどを反らし、必死で空気を取り込んだ。肺が痛い。苦しくて溢(あふ)れた涙が、目尻からこめかみを伝って耳まで流れた。

「目が覚めたか」

低い声とともに、目尻の涙を温かいもので拭われる。その動きに誘われるように目を開いた。半魔の美しい顔が、自分を覗(のぞ)き込んでいる。

マレディクス、と言おうと唇を動かしかけて、一回閉じた。

「……エンデ……」

かすれた声で呼ぶと、マレディクスがかすかに目を眇(すが)める。

「家族以外にそう呼ばれたくない。マレディクスでいい」

言いながら、まだ滲(にじ)んでくるリヒトの涙を親指の腹で拭った。温かいものはマレディクスの指だったのだと知った。

どうやらベッドに寝かされているらしい。

「のど、かわいた……」

「水を持って来よう」

そう言ってマレディクスが部屋を出ていってから、やっと頭が巡り始めた。自分になにがあったのかを思い出す。

眠っていたら、水魔に襲われて湖に引きずり込まれ、溺れ死にかけた。ぎりぎり、自分に魔術をかけて……。

自分が使ったのは、生きものを仮死状態にする魔術である。

その場では治療が困難なけが人や病人の症状を一時的に保留したり、飢餓に見舞われて餓死しかねないときなど、緊急避難的に使われることがある。空気が吸えないなら仮死状態にしてしまえばと、とっさの判断だった。

とはいえ仮死魔術は数日が限界だ。しかも通常は白魔術師が他者に対して使い、蘇生魔術で蘇生させる。自分に使うのはよほどの危急時に限る。リヒトも初めて自分に使った。この方法以外に助かる道はなかったと思う。

だが、水から引き揚げてくれたのはマレディクスに違いない。あのまま水の中にいたら、どちらにしろ死んでいた。

なぜ助けてくれたのだろう。

魔物なのに。リヒトのことは目障りに思っているはずなのに。

もしかして、奴にはリヒトを殺したくないなんらかの理由があるのだろうか。

もともと心のどこかで、彼はリヒトを殺さないのではないかと漠然と思っていた節はある。

なぜなら子どもの頃も、蜘蛛の呪いにかかった赤子を抱いていたときも、リヒトなど一瞬で殺せたろうにそうしなかったからだ。だから黒魔術を教えてもらうにも、マレディクスを選んだ。しかし助けるほどの理由があるとも思えない。

考え込んでいたとき、マレディクスが水差しと木の椀を持って戻ってきた。

「起き上がれるか」

「なんとか……」

マレディクスが木の椀に移した水を差し出した。

震える手で受け取り、ゆっくり椀を傾ける。のどを滑り落ちていく水が、とても甘く感じた。

はふ、と息をつく。

「なあ、もしかしてなんだけど。あんたが蘇生魔術かけてくれた？」

「白魔術でかけた仮死は白魔術でしか蘇生できない。俺には使えない」

基本的に魔物は黒魔術、妖精や精霊は白魔術、どちらにも属さない人間は両方習得できると言われている。魔術の才がある人間に限られるが。

「半分人間なのに、あんたは白魔術使えないの？」

マレディクスは冷たい瞳で、リヒトを見下ろした。

「俺は魔物の血の方が濃く出ている。人間としての機能が薄い代わりに、魔力だけは他の魔物より強い」

別種族をかけ合わせると、稀に両親のどちらよりも高い能力を得ると聞いたことがある。マレディクスは魔力にそれが出たのかもしれない。

だがマレディクスが蘇生したのでないとすれば、リヒトが覚醒できたのは運がよかった。過去に自分に仮死魔術をかけて自然覚醒できた術師の確率は半々と言われる。

「でも助けてくれたんだよな？　おれのこと邪魔に思ってたんじゃないのか？　嫌われてるんだと思ってたけど」

水の中で、突然水魔たちがリヒトから手を離した。おそらくマレディクスがなんらかの魔術で追い払ったのだ。そして、仮死状態のリヒトをここへ運んでくれたのも彼。

マレディクスはふいと窓の方に顔を向けたまま返事をしない。否定しないのであれば、肯定だと受け取った。

「ありがとう、マレディクス」

ぴく、とマレディクスの頬が動いた。

魔物は憎むべき仇(かたき)だ。魔物に礼を言うのは抵抗があるが、少なくとも彼のおかげで命が助かったことは事実である。人間として、礼は失したくない。

マレディクスはリヒトに向き直り、氷のような視線を向けてきた。

「俺が助けたわけじゃない。おまえが自分で仮死状態になっていたから助かったんだ。だがこれで懲りただろう。体力が回復したらすぐに出ていけ。二度とここへ来るな」

「いやだ」

間髪を容れずに返答するリヒトに、マレディクスは眉を寄せる。

「あんたがおれを弟子にしてくれるまで、いつまでも待つ」

「また危険な目に遭っても、次は助けない」

「それは仕方ない。そのときはおれの命運が尽きたってことだ」

マレディクスの瞳に苛立ちが混じる。

「俺を殺したいとまで言っておいて、図々しいと思わないのか。おまえを弟子に持つことで、俺にどんな利益がある」

図々しい。本当にそうだ。

だが面の皮が厚くなければ、八年も世話になった神殿に後足で砂をかけて出てくるような真似はできない。

「利益？　弟子の仕事は主人の身の回りの世話に決まってるだろ。掃除、洗濯、料理、力仕事、ひと通りできるぜ。あ、裁縫だけはちょっと苦手だけど」

「そこまで言うなら、一生おまえを地下室にでも幽閉してやろうか。それとも記憶を奪って町に放り出してやるか」

リヒトはマレディクスの目を見て、挑戦的に笑った。

「家族の記憶だけは消さないでくれよ。もうおれの中でしか生きてないから。あ、でも、魔物に殺された場面だけは消してくれてもいいかな」

マレディクスの瞳が、一瞬だけ揺れる。動揺なのか。

「覚えてる？　あんたも見てたと思うけど。八年前の満月の夜、おれの家族を殺した魔物をあんたが殺したから。ああ、あんたにとってはいつものことだから覚えてないか」

言いながら、声が震えてくる。

思い出すたび鮮やかな悲しみと怒りが、胸の中に荒れ狂う。まだ完全には力の入らない指で、ブランケットを握りしめた。

「魔物を……、殺したい……」

血を吐くような声が、魂の奥底から出た。

しばらくリヒトを見つめていたマレディクスは、やがて温度を感じさせない声音で言った。

「おまえが俺を殺したいのはわかった。いいだろう。おまえをここに置いてやる。せいぜい俺を殺せるよう修行に励め」

は、と顔を上げる。

「アンリエッテには俺から納得するよう言い聞かせておく。だが二度とアンリエッテの前で俺を殺したいとは言うな」

「それは……、悪かった」

家族と魔物のことを思い出すと、つい感情が暴走してしまう。けれどアンリエッテに配慮できなかったのは完全に自分が悪い。彼女にとって、マレディクスは家族なのだろうから。

「ゆっくり休め。黒魔術を使うには体力が必要だ」

言いながら部屋を出ていこうとするマレディクスの背中に、声をかけた。

「待て。アンリエッテって、あんたとどういう関係?」

一緒に暮らすなら知っておきたい。今後不用意に傷つけないためにも。

娘か妹か、まさかどこかから攫(さら)ってきた? と言葉が頭をよぎったが、返ってきた答えはそのどれでもなかった。

「姉だ」

「は?」

マレディクスは部屋を出る前に振り返りながら、面倒そうにもう一度繰り返した。

「俺の姉だ」

ぱたん、と閉じられた扉にかける言葉は見つからなかった。


「さあ、起きたらさっさとお風呂に入ってちょうだい!」

翌朝、アンリエッテにたたき起こされたリヒトは風呂に突っ込まれた。

バスルームに足が伸ばせるほどの湯桶(ゆおけ)が置いてあり、タオルや着替えが用意してある。湯桶にはたっぷりの湯が張ってあった。

「こんなに沸かすの大変だったろう」

神殿では、風呂の準備をするのは下働きの少年少女だった。

火打ち石で火をおこし、それを大きくして湯を沸かす。神殿は神官から見習いまで百人以上もいるから、朝一番の大仕事だった。

「別に。お水はエンデが入れといてくれるし、火とかげが沸かしてくれるし」

「火とかげ？」

火の中に住むと言われる魔物だ。

「あそこ」

アンリエッテが指差した先には、火とかげがバスルームの隅で丸くなっていた。炎を吐き、敵に出会うと体を火のように発熱させる魔物だ。岩のような黒い体のうろこの割れ目が、溶岩のように赤く光っている。

魔物にそんな使い方があるのか、と驚くと同時に知見を得た気分だ。これなら温くなった湯に熱湯を足さずとも、沸かし直しが容易だろう。しかし。

「ええ……？　襲ってきたりしない？」

素っ裸のときに魔物に襲われるのはごめんこうむりたい。

アンリエッテは蔑んだような目をリヒトに向けた。

「あなたが意地悪したりしなきゃ、おとなしいものよ。あの子、ご飯だけあげればほとんど動かないから。普通のとかげと変わんないわ」

そういう性質の魔物なのか。

妖精や精霊、魔物はほとんど力のないささやかな存在から、人間以上の知能を有するものまで多岐にわたる。それこそ低級なものは害もないが力もない、小動物と同じような存在だ。

だが魔物は魔物だ。いつ牙を剝(む)くかわからない。

「いいから早く入っちゃって！　言っとくけど、明日からは居候のあなたのお風呂は最後だからね！　今日は病み上がりだから特別！」

つん、と顎を反らしてバスルームを出ていく。昨日マレディクスがアンリエッテとどういう話をしたのかわからないが、今朝はリヒトと会話をしてくれている。つっけんどんではあるが。

アンリエッテの目の縁が赤くなっていることに、胸の痛みを覚えた。納得はしていないのかもしれない。

温かな湯気を上げる風呂に、ゆっくりと身を浸す。

「いいお湯……」

強張(こわば)った体がほぐれていくのが心地よかった。

なにかあったらすぐに攻撃できるよう、風呂に浸(つ)かっている間じゅう火とかげを見ていたが、リヒトなどいないようにじっと動かなかった。

風呂から出ると、居間で香りのいいハーブティーを供された。

「ありがとう」

礼を言って受け取ると、アンリエッテは少し躊躇(ためら)ってから、気まずそうに口を開く。

「体調はどう？　起きてて大丈夫そう？」

「もうすっかり。心配してくれてありがとう」

アンリエッテは強情そうに唇を引き結んだ。

「心配なんてしてないから。倒れられたら迷惑なだけ」

「うん。迷惑かけたね、ごめん」

素直に謝れば、アンリエッテは一瞬言葉に詰まり、ややして毒気が抜けたようにため息をついた。

「あのさ、おれが湖に引き込まれたとき、アンリエッテが〝起きて〟ってすぐそばで叫んでくれたろ。あれがなかったら、水に沈んでも気づかなかったかもしれない。ありがとう」

「そうね、あたしに感謝して。あなたが眠ってる間にお水を汲(く)みに行こうと外に出たら、水魔に呼ばれてふらふら湖に入っちゃうんだもの。びっくりしたわ」

だからちょうど近くにいたのか。本当に助かった。

水場には魔物が棲みつきやすいと知っていたのに、実感としてわかっていなかった。魔術師として命取りだ。ここは神殿のように安全な場所ではないのだ。そういう部分から意識を変えていかねばならない。あらためて気が引き締まる。

ゆっくりティーカップを傾けていると、マレディクスがやってきた。やはりやわらかそうな貴族的なシャツに身を包んでいる。上裸の印象が強くて、いまだに見慣れない。魔物なのに人間らしく見えてしまうのが嫌なのだろうか。

リヒトはマレディクスを睨むように一瞥し、内心の苛立ちを押し込めながら立ち上がった。慇懃に深々と頭を下げる。

「おはようございます、先生」

マレディクスとアンリエッテがそろって奇異な目を向けてきた。マレディクスがうろんげに尋ねる。

「なにをしている」

「師匠と弟子なら、神殿での神官教師と見習いの関係と同じだと思います」

言動は礼儀正しく。着席は教師のあと、もしくは促されてから。教えを乞う者としては、相手をどう思っていようが関係なく最低限の礼節は守るべきだと思う。

マレディクスは不快そうに眉を寄せた。

「必要ない。言葉遣いも普段通りで構わない」

当人がそう言うなら。

正直、魔物相手に下手に出るのは屈辱的だ。高圧的に出るつもりもないが。

「じゃあ、遠慮なく。おはよう、マレディクス」

「あー、ほら！　その呼び方！　やめて」

咎めるアンリエッテを、マレディクスがたしなめる。

「やめろ、アンリエッテ。俺がそう呼べと言ったんだ。人間に俺の名を呼ばれたくない」

そう言われてしまえば、アンリエッテも口を噤まざるを得ない。

着席したマレディクスにも、アンリエッテがお茶を持ってくる。

「あたしもお風呂に入ってくる。出てきたら食事作るから、リヒトも手伝ってね」

そう言うと、居間を出て行った。

アンリエッテより先に風呂を使わせてもらったのは申し訳ない。風呂洗いはあとで丁寧にやろう。

「あんたは？」

「俺は明け方に使っている」

「そうなんだ？」

ちょっと驚いた。そんなに早起きなのか。

「俺の睡眠は日中だからな。アンリエッテと一緒に食事を取ったら休む」

睡眠、と言われると不思議な気がした。

たしかに魔物は日の光を嫌うが、眠っているというより隠れているというイメージだ。特にマレディクスがすやすやと眠っている姿は想像できない。

しかし夜間の活動は納得できる。

「じゃ、夜起きてるんだ。おれもそうしよう」

魔術を習うなら、生活時間は合わせた方がいい。

「おまえはアンリエッテと一緒に朝起きて夜眠る生活をしろ」

「なんで？」

「家事をすると言ったろう。洗濯も買いものも日中しかできない」

目を瞬いた。

「そりゃそうだけど、それじゃいつ魔術教えてもらえるんだ？」

「誰がおまえを弟子にすると言った。俺を殺したいと言うから、ここに滞在する許可を与えただけだ」

「そんな！」

てっきり黒魔術を教えてもらえるとばかり思っていた。

「俺は生まれつき魔力を持っているし、意識せずに使える魔術も多い。魔術書で覚えられるものはそれで覚えた。誰かに教えたことも教えられたこともない」

だから人には教えられないということか。

しかし想像していた状態と違う。気を抜けば殺されてしまうような激しい修行は覚悟していても、受け入れてくれたのに放っておかれるとは思わなかった。

「黒魔術に関する書物は書斎にあるから、勝手に読め。いつでも俺を殺しに来て構わない」

「……寝首を掻くかもよ？」

マレディクスは蔑むような笑みを唇に貼りつけた。

「そんなことで殺せると思うならやってみろ」

完全に子ども扱いだ。

だが体力も魔力も雲泥の差なのも事実である。しかしここで引き下がって小間使いをするだけなら、置いてもらう意味がない。

「じゃあ勝手に後をついて歩く。おれがあんたの魔術を見て盗むぶんには構わないだろ」

「好きにしろ」

できるならな、という嘲笑が含まれている気がした。

ムッとするが、今の自分ではついていけないだろうことは想像に難くない。でもできればあと一歩、前に進みたい。

「積極的に指導してくれなくていいからさ、聞いたことには答えてくれる？　答えられる範囲だけでいいから。あと、あんたから見てこうした方がいいって気づいたこととか」

マレディクスは面倒そうな顔をしたが、拒否はしなかった。断らないということは、承諾したと受け取ろう。

よし、とやる気が漲ってくる。

白魔術も黒魔術も覚えて、神殿では手の届かない解呪にも詳しくなってやる。マレディクスの後をついて魔物を殺す技術も学んでやる。

こういう決意をするとき、いつも家族の姿が脳裏に浮かぶ。じりじりと胸の奥が焦げるような痛みに、つい表情が険しくなった。早く魔物たちを八つ裂きにしたい。

しばらくリヒトの顔を見ていたマレディクスは、やがて口を開いた。

「一点だけ。人間の精神は黒魔術に染まりやすくできている。毒は少しずつ慣らしていかないと、簡単に闇の思考に落ちるぞ。特に欲と怒りは、闇を吸収しやすい。おまえのその魔物憎しの気持ちは極力抑えておくんだな。魔物に堕ちたいなら構わないが」

正論だ。そしてリヒトが陥りそうな失敗だ。

「ありがとう。肝に銘じておくよ」

マレディクスは小さな声でつけ足した。

「もしもおまえが闇に堕ちたら、そのときは俺が殺してやる」

「え」

マレディクスを見返すと、ふいと視線を逸らした。

そのまま静かにカップに口をつける。

魔物以外に自分と獲物を奪い合う人間が増えたら迷惑だから殺すという意味か、それとも他になにか……。

殺す、ではなく、殺してやる、という言い方が、慈悲のようなものを感じさせる。

「もしかして……、心配してくれてんの？」

マレディクスはぴくりと眉を動かすと、怒ったような顔でリヒトを睨みつけた。

「黒魔術に精神が蝕まれれば、正常な判断力がなくなる。おまえがアンリエッテに害を為すようになれば殺す。それだけだ」

一瞬でも心配してくれたのかと思った自分に腹が立つ。マレディクスはリヒトが黒魔術に精神を食われることで、アンリエッテに危害が及ぶことがないよう慎重になっているだけなのだ。

「あんたがおれを助けたのは、アンリエッテに頼まれたから？　あの子はあんたの弱点……、っ！」

言い終わらないうちにのどに衝撃を感じ、気づけば怒りに燃えるマレディクスの目が至近距離でリヒトを睨みつけていた。

「アンリエッテになにかしたらその場で殺す」

マレディクスの大きな片手でつかまれたのどが、きりきりと締め上げられる。

ぞく、と背中に冷たいものが走った。

本気だ。

「な……か、するなんて、言ってないだろ……っ」

手を離されて、二、三度咳き込んだ。口もとを拭い、マレディクスを睨む。

「おれが殺したいのは魔物だけだ。魔物でもないあの子に危害を加えるつもりなんかない。ましてあんたを脅すために使うつもりなんか毛頭ない。見くびるな」

マレディクスは冷たい視線でリヒトを見下ろしている。

リヒトが自分の家族を思い出せば激昂するように、マレディクスもアンリエッテのことには簡単に激情に駆られる。そういうことだろう。

不思議な二人のことを、知りたい欲求が高まってくる。

「……あんた、アンリエッテのこと姉って言ってたけど、どういうこと？　あんたがあの子より年下には見えないんだけど」

少なくとも八年前にリヒトがマレディクスを見たときは、今とそう変わらない成人男性の姿をしていた。アンリエッテが人間なのだとしたら、当時は赤子のはずだ。

だがアンリエッテからは魔物らしさを感じない。彼女が何者なのか、まったくわからない。

マレディクスは余計なことをしゃべってしまったとばかりに渋面をし、

「姉は姉だ。おまえに関係ない」

リビングを出て行った。リヒトと同じ空間にいて詮索されたくないのだろう。

リヒトはため息をつき、お茶を飲み干すと黙って二人分のカップを片づけた。


アンリエッテと二人で作る朝食は、簡単な家庭料理だった。

豆と野菜を香辛料とともに煮込んでスープにし、町で買ってきたパンを添える。三人分。

「マレディクスも普通の食事なんだな」

お茶も飲んでいたっけと思い出す。

「そりゃそうよ。なにを食べてると思ってたの？」

「なんか……、イメージで、魔物……、とか食ってるんだとばかり……」

さすがに、魔物とか人間とか、と言うのは憚られる。

アンリエッテは呆れた息をついた。

「食べないわよ。少なくともあたしといるときは同じものを食べてるわ。エンデは人間だもの」

あんな見た目で人間と言われても、と思ってしまう。

ブロンズの肌と白銀の髪、体に浮かぶ文様は魔物の父譲りか。アンリエッテとの共通点は青い瞳だけ。

だが。

「おれ、以前マレディクスに会ったことあるんだよ。二回も。そのときは赤い目だったんだけど、なんで？」

ああ、とアンリエッテはパンを切りながら答えた。

「満月の夜だけね。でもそんなときに会うなんて、あなた満月に外出なんてしてるの？」

「まあ、ちょっと理由があって……」

ふうん、と変わり者を見る目を向ける。

「でも満月のエンデには近づかない方がいいわ。本人も制御できずに暴走しちゃうときがあるから」

「わかった」

アンリエッテの口調は大人びているが、外見はどう見ても十歳にならないくらいの少女だ。

姉と言われてもどうにも納得できない。

「あのさ……、マレディクスから、アンリエッテが姉だって聞いたんだけど、どういうこと？」

あら、とアンリエッテは顔を上げる。

「そんなこと話した？　馬鹿ね、身の回りの世話係とか適当に言っておけばいいのに、嘘（うそ）つくことに慣れてないから、あの子」

　あの子。

「ていうか、人との会話自体ほとんどしたことないから、とっさに嘘つくとかできないんでしょうね。そういうとこ不器用で可愛いんだけど」

　可愛い。

　およそマレディクスに似合わない言葉がぽんぽん出てくる。しかも幼女と言っていいアンリエッテの口から出ると、違和感この上ない。

「リヒトと会話するのだって、かなり緊張してるんじゃないかしら」

「そんなことないと思うけど」

　殺すと脅されたくらいだし。

「じゃあ、姉っていうのは本当なんだ。ぜんぜん年上に見えないけど、どうして？　魔物にも見えないし」

「エンデはなんて言ってた？」

「おれには関係ないって、教えてくれなかった」

　アンリエッテは切り終わったパンを皿に載せながら、

「エンデが言いたくないなら、詳しいことはあたしも言わないでおくわ。あたしは年を取らないってことだけ」

そう言って、トレーに載せた料理をリヒトに渡した。

「はい、運んで」

すっきりはしなかったが、年を取らないと聞けば辻褄は合う。彼女から魔力は感じないが、黒魔術の類かもしれない。見た目通りの年齢ではなく、アンリエッテはずっとあの姿なのだろう。口調が大人っぽいのもそれゆえだ。

三人でテーブルにつき、リヒトはいつも通り食前の祈りを捧げる。と、マレディクスとアンリエッテも祈り出したので驚いた。

アンリエッテはともかく。

「あんたも祈ったりすんだ」

マレディクスはじろりとリヒトを見る。

「夜起きる以外、生活習慣は人間とさほど変わらない」

食事をし、睡眠を取り、祈りを捧げる魔物？

「なにに祈ってんの？」

マレディクスはその質問には答えず、ただ静かに目を閉じて、組んだ手を額につけて祈る。

捧げる祈りは神へか、魔物の王へか。

それとも、自分が殺してきた魔物や人間への贖罪？

魔物が祈るその姿は、リヒトの胸を得体の知れない感情で波立たせる。人間のふりをしているように見える不満なのか、神を愚弄しているように思える怒りなのか、それとも……。

盗み見たその横顔は、人間と変わらなかった。


リヒトは日中はアンリエッテと家事をし、一人で魔術書を読んで勉強し、体と精神を鍛える。森は鍛錬にはちょうどいい場所だった。静かで、人けがなく、空気がいい。足腰を鍛える障害物になる倒木や岩もたくさんある。

マレディクスの館には珍しい書物が多く、中でも黒魔術書と東国の鍛錬書はリヒトの興味を引いた。

「くれぐれも、黒魔術は慎重に試せ」

そうマレディクスに言いつけられ、逸る気持ちを抑えて魔術書を読む。黒魔術の種類を知り、手順や媒体を覚え、声に出さぬよう気をつけて呪文を心の中で呟く。

魔力がある者が呪文を唱えれば、その気はなくともうっかり魔術が発動するかもしれない。呪文を口にしても発動しないように抑えることもまた、魔力を要するものなのだ。

だから素人が魔術書を読んで実践しても、発動することもあればしないこともある。暴走した魔術を止めることができず、被害を被ることも。

呪いに憑かれたあの男のように自分に返って来るだけならまだしもだが、周囲に被害を与えるような魔術だったら大変だ。

リヒトも慎重に、だが確実に呪文を覚えていった。特に熱心に、まず習得したのは――――。

「や……、やっと追いついた……」

ぜえぜえと息を切らし、今にも倒れそうになりながら、リヒトは壁に手をついて体を支えた。

森から一番近い村の、無人の粉ひき小屋である。闇に溶け込む黒いシャツを纏ったマレディクスは、冷ややかにリヒトを眺めた。

「追いついても、その体たらくでは使いものにならないだろう」

リヒトは顎まで垂れ落ちる汗を拭いながら、へっ、と笑った。

「いいんだよ。まずはあんたに撒かれない、それが第一段階だ」

マレディクスは周囲が闇に沈むと、毎夜のように外出する。毎晩どこに行くのか、なにをしているのかと聞いたけれど、答えはなかった。人間を襲っているかもという懸念もあった。教えてもらえないなら、勝手についていくしかない。

だが彼とリヒトでは身体能力が違う。後をついていきたくとも、マレディクスに走られたり高い場所に飛び乗ったりされれば、簡単に姿を見失っていた。

普通に体を鍛えるだけでは難しいと思っていたところで、館で読んだ魔術書の中に身体能力を飛躍的に高める魔術があるのを発見し、「これだぁぁぁ!」と思わず拳を握った。

ただ問題は、一時的に身体能力を上昇させたぶん、反動で倒れてしまうほど疲弊することだ。そこはもう、鍛えまくって自分の体力と魔力を底上げするしかない。

しかし……。

「っ、と……」

突如視界が暗転し、脚から力が抜けた。

（倒れる……！）

頭ではわかっていても、糸の切れた操り人形のように手足にまったく力が入らない。地の底から足を引っ張られるように意識が遠のく。

地面への転倒を覚悟して目を閉じたとき、なにかに体を支えられた。

ふわりと体が浮いたと思った瞬間、唇から得体の知れないものが入り込んできた。

目には見えていないのに、味があるわけでもないのに、輝いて甘い熱の塊のようなもの。

「う……」

するりとのどから体内に滑り落ちていく。腹の底からじわりと熱が生まれて、指先まで光が広がっていく気がした。

力が戻る。

沼底に引きずり込まれるようだった意識が、急速に浮上していく。力の源がもっと欲しくて、自分から舌を伸ばしてすくい取った。

舌が滑らかなものに当たって、ふと目を開ける。

視界を埋めたアイスブルーがなんなのかすぐにはわからず、気づいた瞬間、目の前のものを思い切り突き飛ばして体を離した。

「……っ！　なにすんだよ！」

リヒトに冷たい瞳を向けた半魔が、手の甲で唇を拭う。リヒトは自分の唇を両手で覆い、きつくマレディクスを睨みつけた。

今なにをされた？　舌に当たったものは……。

まぶたを上げたときにマレディクスの長いまつ毛が自分のものとぶつかった感触を思い出し、怒りと羞恥で体が震える。耳たぶまで燃えるほど熱くなった。

「精気を分けただけだ。おまえを担いで帰るのはごめんだからな」

冷たく言い捨てられ、体力が回復していることに気づく。

「え……、あ……」

そういえば、他者や魔物と精気をやり取りする術があると聞いたことがある。

マレディクスはふいと顔を背けると、粉ひき小屋の上に飛び乗った。

「待て……！」

止める間もなく、夜闇に紛れて姿を消す。建物の陰に入られてしまえば、リヒトの夜目では追いきれない。

「くそ……」

次は闇の中でも見える暗視魔術を習得せねば。

もうマレディクスがどっちに向かったのかもわからず、リヒトは息を吐き出した。

唇に残る感触が熱い。今さらながら、心臓がどくどくと激しい音を立てていることを意識する。

あいつは精気を分けるためだけに唇に触れたというのに、あんな反応をしたのが恥ずかしい。

体を満たす力が心地よくて、もっと欲しがっている自分に嫌気が差す。こんなふうに欲してしまうから黒魔術なのか。

他人と唇を触れ合わせるのは初めてだったせいか、変に意識しているのが嫌でごしごしと腕で唇をこすって感触を消した。

「……他に方法なかったのかよ……」

呟いた声は、夜の空気に吸い込まれるように消えていった。


マレディクスは明け方には館に戻ってくる。そして風呂に入って汚れを落とすと、朝食までは本を読んで過ごす。本はほとんどが魔術書だ。だからマレディクスは魔術にとても詳しい。

蜘蛛の呪いの解呪方法を知っていたのもそのためだ。

その後はリヒトとアンリエッテと朝食をともにしてから自室に引っ込む。日差しの強い真昼だけ光を避けて部屋で過ごし、夕食前には起きてくる。

ちなみに食事は一日二回、朝九時頃から夕方五時頃の間に済ませる。これは神殿とほとんど変わらない。

リヒトは毎晩すぐにマレディクスを見失って早々に館に戻ってきていたが、昨夜は村まで行って帰ってきたので遅くなった。おかげで今朝は少々眠い。リヒトの体にマレディクスの精気が漲っていたせいか光の精霊は召喚に応じてくれず、自力で闇を照らす魔術をかけながら歩いてきたからなおさらだ。

リヒトはダイニングテーブルに座ったマレディクスの前に、オムレツの皿を置いた。贅沢に卵を三個使った大きなふわふわのオムレツである。

「……昨日は助かった。ありがとう」

小声で礼を言い、顔を合わせるのが気まずくてそそくさとキッチンに戻る。

起きてから、礼を言うべきか昨夜のことはなかったように振る舞うべきか、ぐるぐる考えた。しかし、方法が気に入らなかったとはいえ助けてもらったことは事実である。マレディクスにしてみれば、放って帰ってもよかったのに。

人間として礼は失したくない。だからお礼代わりにオムレツを焼いた。アンリエッテに出会ったとき「せっかくエンデの好きなオムレツを作ってあげようと思ったのに……」と言っていたのを思い出したからだ。

三人でテーブルに着き、祈りを捧げる。アンリエッテは嬉しそうにマレディクスの顔を覗きこんだ。

「ね、すごくきれいなオムレツじゃない？　リヒト、卵料理上手なのね」

マレディクスは居心地が悪そうな表情をしたが、アンリエッテに見つめられて、オムレツを口に運んだ。

「おいしい？」

アンリエッテに尋ねられては、マレディクスも無視はできない。

「……ああ」

肯定されたことに、ちょっとした満足感を覚える。半魔にも味覚や好物があると思うと、ぐっと人間らしさが増した。

もちろん魔物にも牛や鶏、岩や木、果ては人間を好む種もいるから好物があるのは知っているが、卵料理が好きと言われると親近感を持ってしまう。

マレディクスはいつも食事を残さないが、皿を片づけるとき、今日もきれいに食べきってくれたことを嬉しく思った。

また作ってやろう、と考えた自分に苦笑した。

星空の下、家畜小屋から騒がしい動物たちの声が聞こえる。

マレディクスに続いて家畜小屋にたどり着いたリヒトは、背を向けた魔物がガツガツと一頭の羊を噛み砕いているのを見た。他の羊たちは小屋の中をウロウロしながら、怯えて興奮している。

魔物は羊に夢中になっているらしく、リヒトたちが近づいても気づかなかった。

マレディクスは背後から魔物に向かってゆっくりと手を伸ばす。口の中で呪文を呟いた。

魔物がびくりと体を震わせる。みるみるうちに、魔物の体が沸騰した湯のようにぼこぼこと内側から大きな瘤が膨らんできた。

次の瞬間には、魔物の体は膨れきって弾け飛んでいた。羊たちの声が高くなる。

「すげ……」

爆発系の魔術だ。体の中に爆薬を放り込まれたようなものである。リヒトも魔術書を読んで試したことがあるが、今ひとつ上手くいかなかった。

魔術はイメージが重要だ。頭の中ではっきりとイメージを作り、それを魔力に乗せて放出する。だから未見の魔術は成功しないことが多い。

目の前でマレディクスが使うのを見たことで、リヒトの中にも確固たるイメージが根づいた。次は使えるぞと、早く試したくてうずうずする。

ここのところ毎晩マレディクスについて歩き、少しずつ黒魔術を覚えている。リヒトが詰め込みで覚えて黒魔術にのめり込んでしまわないようにか、マレディクスは数種類の魔術を使い回している印象だ。今日は数日ぶりに新しい魔術を見せてくれた。

言葉にはしないが、行動のところどころでマレディクスがリヒトを気遣っているのがわかる。

夜じゅうついて歩くリヒトはそのままでは睡眠が足りない。以前は明け方に戻ってきていたマレディクスは、リヒトがついていけるようになってからは夜半過ぎには帰るようになった。走る速度も、リヒトが魔術で全力を解放して突然意識を失ってしまわないよう、加減している。もちろん少しずつ自分も能力が上がっているが、まだまだ本気のマレディクスについていけるほどではない。

もしもマレディクスが人間を襲ったら止めるつもりでいたが、今のところ行動範囲内で目立つ魔物を狩っているだけだ。縄張りを荒らす魔物を警戒しているのだろう。

飛び散った魔物の体液が、ややクラシカルなデザインの黒いシャツの袖口にわずかにかかったのに気づき、マレディクスは舌打ちをした。

リヒトを振り向くと、

「明日洗っておけ」

傲慢に命じる。

洗濯はリヒトが担当しているが、命令口調で言われると反抗的な口を利きたくなる。

「いちいち言われなくてもやっておくよ」

マレディクスは汚れた服が嫌いだ。魔物を殺して手や体が汚れたときも、湖で大まかに流してから風呂に入る。服や靴も丁寧に扱うし、手入れもしっかり行う。そんなところは、とても人間臭く思える。最近では貴族服も見慣れてしまって、特に違和感を覚えない。

ふと以前町で見たときのマレディクスを思い出し、リヒトは首を傾げた。

「そういえば、どうして服着てんの？」

「どうして、とは？」

「や、だって、町で見たときは裸だったろ。魔物だから服着てないのかと思ってたんだけど」

マレディクスは嫌そうにリヒトを見た。

「ズボンは穿いていたろう。裸じゃない」

そういえばそうだった。魔物の体液を浴びた裸の胸や腹の印象が強かったけれども。

「満月のときは、やっぱ動きにくいから上は着ないのか？」

本人も制御できずに暴走することがあると、アンリエッテが言っていた。

マレディクスはぼそりと呟いた。

「服を汚すとアンリエッテに叱られる」

え、と思った。

頭の中で、アンリエッテにぷりぷり怒られて頭を下げるマレディクスを想像する。

だんだんと腹の底から笑いがこみ上げてきた。

「そ、そうだよな……、いっぱい汚すと、洗濯、た、大変、だもん、な……っ」

我慢すると言葉が震える。

満月の夜は他の魔物も理性を失うから、必然的に激しい戦闘で服が汚れてしまうのだろう。

マレディクスは不愉快そうに顔を逸らした。

「今は洗濯はおまえの仕事だ。次から遠慮せず汚してきてやるから、覚悟しとけ」

「はいはい、頑張って」

ふてくされたような顔をするマレディクスを見て、

(どうかすると結構可愛いんだよな、こいつ)

と思ってしまった自分にびっくりして、思わず手で口を覆う。こんなの、いつか殺すと思っている相手に抱く感情じゃない。

自分の感情に戸惑っていると、マレディクスは不審げな眼差し(まなざ)でリヒトを見た。

「帰るぞ」

「あ……、うん」

リヒトに向かって伸ばされた手を取る。この瞬間はいつも緊張する。

手を引いて抱き寄せられ、ぴたりと体がくっついた。貴族服など着ていても、マレディクスの体の見事さは布越しに伝わってくる。自分だって特段小柄というわけではないのに、この男と並ぶと貧相に思えるのが悔しい。

顎に手をかけて上向かされるのは気恥ずかしいから、自分から顔を上げて唇を受け止めた。

「ふ……」

マレディクスの力強い精気が流れ込んでくる。

まるで光が広がっていくような心地よさ。細胞のひとつひとつが力を得ていくようだ。

他の人間は知らないけれど、マレディクスの唇は外見にそぐわず驚くほどやわらかい。開いた唇から侵入したマレディクスの舌が、リヒトの舌先をかすめる。びくん、と体を揺らした。ずぐ……、と下肢が甘い熱を持つ。

「……っ、もういい……、ありがと」

マレディクスの体を押して離れ、唇を拭う。わずかに唾液で濡れた唇に、頬が熱くなる。

夜の外出について回る二度目からは、マレディクスから精気を分けてもらっている。加減して走ってくれているとはいえ、魔術で底上げしたリヒトの体力は充分ではない。うっかりすれば倒れかねないところを、こうして精気を補充することで、館に帰り着くまで体力を保っていられる。

精気は口移しすることで短時間に充分な量を送り込める。そして唇を開くだけより、舌同士を触れ合わせた方がより早く。

初めは嫌悪感と抵抗感が強かったが、リヒトにとっては半魔の前で倒れる方が屈辱的だ。これで回復するならと、マレディクスからの提案をしぶしぶ受け入れた。

だがこうして毎回キスの真似ごとのようなことをしていれば、さすがに慣れてくる。そうなってくると、体は性的な反応に傾き始めた。

(ばかばかしい)

ただ口移しで精気を与えられているだけなのに。

魔物にとっては口づけなどという概念ではなく、本当に精気を移動させるための行為に過ぎないだろう。

それなのに、これまで他者と粘膜を接触させる経験のなかった自分の体は、はしたない反応を始めてしまう。知識として、これが口づけと同じ行動と知っているから。そのうえ心地いいのがまたいけない。

慣れとは恐ろしいものだ。最初はあんなに腹が立ったくせに。

家畜小屋を出ていくマレディクスの後に続きながら、熱を振り払うように頭を振った。

扉を出ると、楕円に膨らんだ明るい月が夜空を照らしている。次の満月まであと一週間足らずというところか。

神殿を出てきたのが満月を過ぎたばかりのときだったから、もう三週間近くマレディクスの側にいるのだな、と思った。

複雑な感情が胸の内に渦巻く。

マレディクスと暮らしたら、憎くて憎くて衝動的に殺そうとしてしまうんじゃないかと思った。いくら魔物への憎しみを抑えろと言われていても、こんなふうに好意的とさえ言っていい感情が浮かぶなんて。

自分の甘さと未熟さに腹が立つ。

家族のことを考えれば、もっと憎悪を燃やさなければいけない相手だ。懐いてしまうなど、家族に対する裏切りも同然である。自分は魔物を利用しているだけ。

斜め後ろからマレディクスの姿を見ながら、こいつを超える力を手に入れたら殺す、と心の中で呟いた。

「きゃっ！」

キッチンの前を通りかかったときにアンリエッテの悲鳴が聞こえ、

「どうした⁉」

慌てて中に飛び込んだ瞬間、アンリエッテが胸に飛び込んできた。小さな体を抱きとめると、アンリエッテは震える声で訴える。

「蜘蛛……、く、蜘蛛が……」

見れば、シンクの天井から小さな蜘蛛が糸を垂らしてぶら下がっている。リヒトはアンリエッテをキッチンの隅にそっと移動させると、糸を指に引っかけて窓から蜘蛛を放り投げた。

「もう大丈夫。森の中に住んでるのに、蜘蛛苦手なんだ?」

アンリエッテはまだ震えながら、シンクに目をやった。

「ありがとう、昔から蜘蛛だけはだめなのよ。何年経ってても慣れないわ。あああ、どうしよう、お塩が全部溶けちゃった」

見れば、シンクに置いた水桶の中に、塩袋が逆さに引っくり返っている。袋から壺に入れ替えようとしたときに、蜘蛛に驚いて落としてしまったらしい。運の悪いことに、きれいに中身が水の中に零れている。

味つけをするのに、塩は欠かせない。

「おれ、村までひとっ走り行って買ってくるよ」

「え、もうお昼過ぎてるのよ。今から行ったら、夜になっちゃう。なんだか天気もよくないし」

「平気平気、おれ足速いから」

アンリエッテの足では村まで三時間はかかるだろうが、自分なら急げば二時間で行ける。魔術で身体能力を上げれば二十分余りで着くが、そこまでせずとも夕食には間に合うだろう。まだ不安定な魔術を使って、途中で倒れては元も子もない。

「悪いけど、夕食の支度はお任せしていい？　ぎりぎり食事の時間には帰ってこられると思う」

夕食は普段夕方五時までには済ませるが、今は一年でもっとも日の長い時期なので、多少遅くなっても大丈夫だろう。

「じゃ、行ってくる」

リヒトは買ったものを入れる背嚢と財布を持ち、軽やかに館を出発した。アンリエッテの言う通り、天気がよくない。雲が低く垂れこめ、空気が重く湿気を孕んでいる。

「急ごうっと」

すでに何度か村へは買い出しに行っている。道も慣れたものだ。

ところどころ、害のない小さな魔物の姿を見かける。マレディクスのような強力な魔物が棲む森にはもっと危険な魔物がたくさんいそうなものだが、リヒトはついぞ見かけたことがない。

（逆に怖がって近づかないとか？）

あり得る、と一人で納得した。

町にいたときはどんな魔物も殺さねばと思っていたが、毎日火とかげに風呂の世話になっていることもあり、最近ではちょっと見方が変わった。

危険なのは自発的に人間や家畜を襲う魔物、そして呪術で操られている使役魔だ。とにかく人間にとって害があるか、ないか。判断基準はそこにあるとわかってきた。

森を抜ければ、村はずれの墓地が広がる。ゆるやかな丘になった墓地を下っていくと、そこそこ人口のある豊かな村にたどり着く。

「すいません、塩ふた袋もらえますか」

またなにかあるといけないから、予備を買っておこう。

店主が奥に塩を取りに行っている間、なにか目新しいものはないかぐるりと店内を見回す。

すると、

「いや、ここら辺りは魔物の被害が少ないって聞いたんでね。家族で隣の町に引っ越して来たんですよ」

耳に飛び込んできた言葉に釣られて声の方を見た。

見れば、店の片隅に置かれたテーブルに、隠居の老人と恰幅(かっぷく)のいい男性が座っている。男性は暑そうにふうふう言いながら、ハンカチで汗を拭う。

隣ということは、リヒトがいた神殿のある町のことだ。テーブルに調味料らしいものの見本が置かれているのを見ると、商売かなにかで村まで来たのだろう。商談が終わって雑談というところか。

老人はうんうんとうなずいた。

「わしの若い頃は、そりゃあ魔物に怯えたもんじゃがねえ。夜な夜な恐ろしい魔物が徘徊しては子どもを喰らったり、女が襲われたりもしたもんさ」

ぴく、とリヒトの頬が動いた。

マレディクスも、母親が魔物に犯されて生まれた子だと聞いたことがある。

男は顔を顰めたが、老人は「いやいや」と顔の前で手を左右に振った。

「昔の話じゃよ。最近じゃあ、この辺りの村一帯はとんと魔物が減ってのう。せいぜい、ときおり家畜が狙われるくらいのもんじゃ。人間が襲われた話も少なくなったし、町の方なら、満月の夜には神官さまたちが警護に出てくださる」

男は明らかにホッとしていた。

「前の町は結構魔物が出ましてねえ。うっかりすると、キッチンで食料を漁ってたりする。うちはまだ娘が小さいもんで、妻が心配してこっちに来たんですわ」

老人の言う通り、町を含めたこの辺りの村々は、他の地方に比べて圧倒的に魔物の被害が少ないと神殿にも報告されている。

町には大きな敷地を持つ神殿があり、大勢の神官たちが目を光らせているせいではと思うが、警護隊は村にまでは足を延ばしていない。

なのに近隣の村にも魔物が少ない理由は……。

「じゃが」

と老人は声を潜め、内緒話のように男の方に体を乗り出した。

「この近くの森には、もっとも危険な魔物が住んどる。人間のような姿をした呪われた悪魔が。満月の夜は仲間の魔物も引き裂いて回る、狂乱の魔物の王じゃ」

ごくり、と男が息を呑んだ。

(勝手なこと言いやがって)

胸がむかむかした。

マレディクスに仲間の魔物なんかいない。ましてや王でなんかない。いつも一人で魔物を退治して――。

(あれ?)

リヒトが館に来てから、マレディクスが魔物を殺すところしか見ていない。しかも人間や家畜に害のある魔物ばかり。食べるわけでもなく。

館での食事も完全に自分たちと同じ。アンリエッテもそう言っている。

「…………」

おそらくこの近隣に魔物の被害が少ないのは、マレディクスが危険な魔物を退治して回っているからだ。縄張りを巡回しているのかと深く考えなかったけれど。

もしかして、自分は勘違いしていたのか? マレディクスは、人間のために……?

いや、マレディクスに人間を助ける理由なんかない。忌み嫌われ、悪と思われ、罪の子だ半魔だと詰られ、姿を現せば矢や聖水で狩られそうになる。

でも、でも――――！

蜘蛛の呪いにかかった赤子を助け、リヒトを湖から引き揚げた。彼が人間を害している場面を見たことがない。

では幼いリヒトは獲物として狙われたのではなかったのだろうか。まさか矢に貫かれたあの手は、リヒトを助けようとして差し伸べられたものだったのか。

すうっと、焦りで背筋が冷たくなった。

「……嘘だ」

じゃあ、自分がマレディクスを憎んでいた気持ちは一体……。

真実が知りたくなって、塩を受け取ると店を飛び出した。急いで館に向かう。

空気が湿りけを帯びてきて、森に入ればうっすらと霧が漂っていた。霧はたちまち濃度を増し、足もとさえ見えづらくなる。

（まずい……）

視界が悪すぎて、身体能力を底上げする魔術は使えない。見えないところを闇雲に走っても、木にぶつかるか道を踏み外すかだけだ。

本来なら、いったん村に帰って霧が晴れるのを待つべきだ。たとえ日を跨いでしまうとしても。だが逸る心は、館に向かって足を進ませた。

湿気が体にまとわりつき、霧が音を吸って白い沈黙に包まれる。視界がまったく塞がれてしまうぶん、雨よりもやっかいである。

道が見えなくなるのも困るが、霧に紛れて魔物が近づいてくるかもしれない。魔物は霧が好きだ。夜と同様、動きが活発になる。

道案内の精霊を召喚しようとしたが、応えてはもらえなかった。おそらく魔物だらけの上に、霧が深くなってきたこの森に来たがる精霊は少ない。特に道案内程度の力の弱い精霊は、簡単に魔物に食われてしまうから。

ゆっくりとしか歩くことができない。時間が経つにつれ、周囲が薄暗くなってくる。じりじりとリヒトの焦燥が増した。

魔物の気配を逃すまいと張りつめた緊張が体力を消耗させる。

虫がかさりと音を立てては耳をそばだて、小動物の動く気配に全神経が持って行かれた。

知らず道を外れて草むらに足を踏み入れたとたん、「シャアアアアッ！」と威嚇する声が聞こえ、とっさに飛びすさる。リヒトの脛を、鋭い痺れがかすめた。霧の中に金色の双眸がぎらりと輝く。

（魔物……っ⁉）

風を呼ぶ呪文を唱え、周囲の霧を吹き飛ばした。せいぜい十数秒だが、敵を視認するには充分だ。

全身に黒い針を纏ったうさぎ型の魔物が、リヒトに向かって唸りを上げていた。針で刺された部分から穢れが広がって壊死することもある危険な魔物だ。針は呪術に使われることもある。

教科書に載っていた対処法を素早く頭の中に思い浮かべた。この魔物に一番有効なのは発火魔術。突風や打撃は針が折れて刺さる危険もあるから避けるべきだ。

この大きさならリヒトの魔術でも燃やせる。印を結び、呪文を唱えようとしたとき。

「……子ども？」

魔物の後ろに、数匹の小さな同型の魔物を発見した。親らしい魔物は子どもたちを守るように立ちはだかっている。しかも親の足は、罠に挟まれてしまっていた。バネじかけで足を挟み込む形状の、動物がかかったら自力で抜け出すことは不可能な罠だ。

動物や魔物を獲るために猟師が仕かけたものだろう。金属が骨に食い込み、血を流している。

親魔物の威嚇に反応して、危険を察知した子どもたちの鳴き声が高くなった。

「親子かよ……」

魔物から見れば、自分よりはるかに大きく自由に動けるリヒトは脅威に違いない。それでも怪我をしながら、自分の子どもたちを守ろうとしている。子どもたちも親から離れない。

これでは動物や人間と同じじゃないか。今自分がこの魔物を殺せば、単なる虐殺者になってしまう。

ただの魔物だ、殺してしまえと思う気持ちと、使役されなければ動物と変わらない生きものを殺すのかという自分への非難が、交互に巡る。

「……くそっ！」

　印を結んだ手を下ろした。

「いいか。おまえが人間を攻撃したり、誰かに使役されて危険な存在になったら迷わず殺す。でも今は……、助けてやる」

　子を守る親の気持ちに、魔物も人間もない。これが町中なら、自分は躊躇いなくこの魔物を滅するだろう。針が飛んだら危険だから。

　だがここは森の中で、本来彼らが暮らす場所だ。よそ者は自分。威嚇されたのも、霧で見えずにリヒトが近づいたから。

　そしてもし猟師に捕まれば殺されるか、呪術に利用するために売られるか。呪術に使われる可能性があるのに放っておくわけにはいかないという気持ちもある。

「外してやるから、攻撃してくんなよ」

　言葉が通じるとは思えないが、声の調子から攻撃する意思はないと汲み取るかもしれない。

　針を飛ばされたときのために自分の体の周囲に防御魔術で障壁を作り、拾った木の枝で罠を広げてやる。

「ほら、出ろ」

　罠が弛（ゆる）むと同時に、魔物は勢いよく三本の足で地を蹴った。子どもたちが魔物に続き、あっという間に霧の中に姿を消す。

あとには罠と静かな霧が残るだけだった。リヒトの心に、早くも後悔が迫ってくる。

本当に魔物を逃がしてよかったのか。親子ともども滅しておくべきだったのではないか。

「……おれは、虐殺者じゃない」

エンデと関わるうちに、魔物にも感情があるのだと知った。魔物たちもただ殺戮（さつりく）を楽しんでいるわけではないのではと、疑問を持っている。

そして自分が殺したい魔物は……。

もの思いに耽（ふけ）っていると、霧の向こうになにかの気配を感じた。今出会った小動物系の魔物などより、はるかに邪悪な気を持つなにか。

神経を集中していると、やがてなにかが移動する音が近づいてきた。

ぞり……、ずる……、と、足を引きずるような音だ。しかも成人男性くらい、もしくはそれより大きな生きもの。

獣か、魔物か。

霧の中では音の方向や距離が狂う。うなじがちりちりするような、本能的な危険を感じた。

「ヴァレンタイン！」

使役精霊の名を呼ぶと、リヒトの目の前に大剣を手にした甲冑（かっちゅう）姿の大柄な男が姿を現した。

リヒトの手持ちの中で最も強い精霊、騎士ヴァレンタイン。

強力な精霊にはそれなりの代償が必要になるからあまり使いたくはなかったが、躊躇してはいられない。

自身も懐剣を構え、油断なく気配を探る。

ヴァレンタインの方が先に反応した。

精霊の剣が素早く真横に薙ぎ、鈍い音を立ててなにかにぶつかる。

「ゲオゥ……ッ！」

悲鳴が上がり、嫌な臭いが周囲に漂う。相手から攻撃される前にヴァレンタインが反応したということはつまり、相手は魔物。

姿がわからねば対策の立てようがない。再び風を起こし、周囲の霧をなぎ払った。

「……えっ⁉」

霧の間から、ぼろぼろの神官服を纏った男がゆらりと現れた。

もとは白かったであろう神官服は口の周りから滴る血で汚れ、胸にはヴァレンタインに斬られたと思しき大きな裂け目ができている。真っ黒に塗りつぶされたようなその眼球は深い穴のごとく、どこを見ているのかわからない。かさついた皮膚からは、瘴気のような悪臭が漏れ出ていた。

明らかに黒魔術に蝕まれ、魔物と化している。まだ生きているのか、それとも魔物に操られた死体なのかすら判別できない。しかしここまで蝕まれたら、もはや常態に戻すのは不可能だ。

男は人間離れした素早さでリヒトにつかみかかる。

「く……！」

ヴァレンタインの剣が男の両手首を斬り落とし、盛大に血が噴き上がった。男は意に介した様子もなく、血まみれの口で叫ぶ。

「おまえの体を寄こせえええ……っ！」

リヒトの体を乗っ取るつもりだ！

男の背中から、昆虫のような細長い腕が無数に突き出る。腕は瞬時にリヒトの体に絡みつき、ヴァレンタインの手足を拘束した。いくら両手を斬り落としたとて、これでは効果がない。

ヴァレンタインの弱点は兜にある。胴体と兜を離されれば、たちまち力を失う。

神官であったはずの男が、神職者が使う精霊の弱点を知らないはずがない。相性が悪すぎた。

「ヴァレンタイン……！」

引きちぎるように兜を奪われたヴァレンタインは、ばらばらの甲冑となってがしゃりと地面に崩れ落ちた。見る間に空気に溶けるように消えていく。

男がリヒトの頭を押さえ、唇にむしゃぶりつこうとする。授業で習った、魔物が自分の舌を噛みちぎって乗っ取る相手に飲ませる方法が脳裏をかすめる。

とっさに昨夜見た爆発呪文が口をついた。

「ギャオウッ！」

獣のような声を上げ、男が顔を逸らす。顔の一部が弾け飛んだ。

脳を爆発させるつもりだったが、黒魔術に染まった男は瞬時に防御魔術を張ったらしい。正面に戻した顔は、片側の肉が吹き飛んで頬から顎までの骨がむき出しになっていた。

「よ……、ぐ、も……！」

男がしゃべると、削れた肉からぶばっと血が滴った。一撃で致命傷を与えられなかったことに、頭の中に危険信号が鳴り響く。

黒魔術に対抗するには、やはり白魔術か。しかし拘束された状態でできることは少ない。

「光もて闇を祓(はら)え！」

魔物の苦手な、強烈な白い聖光を放つ。だがもと神官、もと人間である男にはまったく効果がなかった。

次はどうする⁉　他に打てる手は……！

せめても舌を飲まされないよう、唇を引き結ぶ。男はリヒトの唇を周りの肉ごと齧(かじ)り取ろうと、グロテスクな口を大きく開いて歯をむき出しにした。

（食いちぎられる……！）

固く目を瞑(つぶ)る。

だが。

「ぎ……、い、いぃぃ……、っ、ひぃっ……！」

苦しげな唸りが聞こえ、まぶたを開いた瞬間、ぶじゅっ！　とリヒトの目の前で男の頭が握り潰された。

「マレディクス……！」

片手で頭を握り潰された男の背後に、怒りに目をぎらつかせるマレディクスが立っていた。

リヒトを拘束していた無数の腕が、力を失ってだらりと外れる。男の体が、ゆっくりと地面に倒れた。

すでに死んでいるとわかる男をマレディクスが見下ろすと、死骸は燃え上がる暇もなく灰となる。

「あつ……っ！」

熱を感じたと思ったのは一瞬で、男の体はすでに跡形もなかった。これではもう、浄化も必要ない。炎も出さずに瞬く間に燃やし尽くすほどの熱を操るなんて、どれだけの魔力を必要とするのだろう。

全身から怒りを発するマレディクスに気圧（けお）される。見えない力に押し出されそうなのに、ぐいと腕を引かれた。

「あ……」

気づけば、マレディクスの腕の中にいた。

力強い腕がリヒトの背と後頭部に回り、マレディクスに体を押しつけるように抱き寄せられる。いつも精気をもらうときにも体を近づけるが、こんなにきつくかき抱かれたことはない。

マレディクスの息が耳朶にかかって、心臓が跳ねた。

「怪我は？」

直接耳孔に吹き込まれるような位置で短く尋ねられ、体を震わせる。

「え……、あ……、す、すり傷、くらい……。自分で清めもできるから、大丈夫……」

ほ、と安堵の息をついたマレディクスは、熱いものでも触っていたかのように急にリヒトから手を放した。

至近距離で視線がぶつかり、まるで憎まれているかのような怒りに身を貫かれる。

「こんな霧の中を歩くなんて、なにを考えている！　死にたいのか！」

激昂したマレディクスに、返す言葉がない。霧が出てきた時点で、村に引き返すべきだったのだ。

「ごめんなさい……、助けてくれてありがとう……」

本当に危ないところだった。マレディクスが来なければ、確実に体を乗っ取られていた。

他人に体を操られ、黒魔術に心まで染まって殺戮を繰り返すなど、死ぬよりも恐ろしい。あらためて黒魔術に侵される恐怖に体が震える。

マレディクスは怒りを逃すように息をつき、リヒトの手を取った。

「来い。足もとには気をつけろ」

濃い霧の中、マレディクスに手を引かれて歩き出す。繋(つな)いだ手から、体温が伝わってくる。人間と同じ。

きゅ、と胸が絞られた。

マレディクスは館に着くまでリヒトの手を放さなかった。

4

「どうぞ」

リヒトをキッチンのミニテーブルにつかせ、アンリエッテがお茶を出す。

「ありがとう……」

蜂蜜入りの甘いハーブティーが、強張った心を解していくようだった。

リヒトを館に連れ帰ったマレディクスは、アンリエッテにすぐ風呂の準備をさせた。リヒトを風呂に放り込み、自身は湖に汚れを落としに行った。

テーブルの向かいに座ったアンリエッテが、リヒトの顔を覗き込む。

「怪我は大丈夫なの？」

「うん。風呂に入ってる間に清めたから」

昆虫状の手でつかまれた腕や頬に、わずかに擦過傷ができている。傷はわざわざ精霊を呼び出して治すほどでもないから、傷薬をつけて自然治癒でいい。傷薬はこの館に来てから自分用に作ったものがたくさんある。

しかしヴァレンタインを失ったのは痛手だった。戦闘精霊は多くないというのに。

それにしても……、とリヒトは自分の未熟さにつくづく嫌気が差した。

判断を誤り危険に陥り、交戦で殺されかけ、結局マレディクスに助けてもらった。まるで子どもだ。水魔に襲われて死にかけたときから成長していない。自分自身にうんざりする。マレディクスとの力の差をまた思い知らされた。

落ち込みながらカップを口に運んでいると、アンリエッテは逆ににこにこしながらリヒトを見つめた。

「なに？」

「あなたが来てから、エンデがすごく楽しそうなの」

「え？　そうかな、最初から全然表情変わらないけど」

いつも冷たい目をしている。楽しそうに笑った顔など見たことがない。

アンリエッテはふふ、と笑った。

「あなたから見ればそうかもね。でもあたしから見れば、すごく楽しそうってわかるのよ」

「でも……、今日も怒らせたし……」

「心配しただけよ。エンデ、あなたが買いものに行ったけど霧が出てきたって言ったら、すぐ飛び出して行ったの」

そんなことを聞いてしまうと、胸の奥がざわつく。昨夜もあらためて憎まなければいけない相手だと思ったばかりなのに。

「そんなわけない……、おれ……、あいつのこと、仇(かたき)……だと思ってて……」

アンリエッテの前で殺意を持っているとは言えずに、婉曲(えんきょく)な表現になった。この子がどこまで自分とマレディクスの関係を知っているかわからないが、館に入った次の日の朝の様子を思えば、リヒトがどんな目的でここに来たかは伝わっているはずだ。

アンリエッテはほほ笑みを崩さず、まっすぐリヒトを見つめた。

「そんなこと、エンデにはどうでもいいの。どんな形でも、自分に関わってくれる人間がいるのが嬉(うれ)しいのよ」

胸を衝(つ)かれた。

憎まれても殺されてもいいなんて、それでも嬉しいなんて、そんなの悲しすぎる。やっぱりマレディクスは、人間を襲ったりしていないのではないか？　自分は彼を誤解していたのではないだろうか。

「ありがとう、リヒト。あなたが来てくれてあたしも嬉しいわ」

アンリエッテの表情にはなんの曇りもなく、口調に皮肉も籠っていない。心から喜んでいるのだとわかった。

夕食を終えると、マレディクスはすぐに外に出て行く準備を始めた。

自分たちが館に着く頃には雨が降り始め、食後の今では風も強まってきている。雷雲の近づく音が不気味に響いていた。

室内も夜のように真っ暗で、食事前からオイルランプを点けている。

「今日はついてくるな」

「わかった。でもいつもより早くない？」

マレディクスは普段、完全に夜になるまでは外に出ない。夏である今は、およそ夜九時を過ぎてから。

「悪天候の日に迷い出てくる魔物も多い」

魔物は暗がりに紛れて活動したがるから、確かに今日のような日は多いだろう。さっきの男のように。

マレディクスはリヒトの顔を見ると、すいと頰に指先を伸ばした。触れるか触れないかのかすかな感触に、心臓が小さく跳ねる。

「顔色がよくない。疲れているなら早く寝ろ」

リヒトは夜半過ぎに帰ってきても朝の六時前には起きて活動を開始するので、そのままでは睡眠が足りない。だからいつもは夕食後からマレディクスと外に出る時間までを、第二の睡眠時間に充てている。今日はまだ第二の睡眠を取っていない。

加えて先ほどは短い時間に何度も魔術を使い、戦いで神経もすり減らした。黒魔術に蝕まれて魔物に堕ちたのが神官だったというのも、リヒトにとってダメージが大きかった。

マレディクスの目は、いつも通り冷ややかに見える。けれどアンリエッテの言葉が胸に残っていて、純粋にリヒトを心配しているのではないかと思った。

さっき村で感じたことを尋ねてみたくなった。

「あのさ……、なんで毎日魔物退治に行くんだ？」

以前聞いたときはなんの答えももらえなかった。だから勝手についていった。

見た目に引っ張られて、どうしても人間より魔物に思えてしまう。だからいつしかマレディクスが毎夜外出するのは、魔物らしく夜に彷徨い出ているのだと思い込んでいた。

魔物を殺すのも、単に自分の縄張りを荒らしそうな侵入者を駆除しているか、ゲームのように狩りを楽しんでいるのだと漠然と考えていた。

けれどマレディクスはちっとも楽しそうに見えない。縄張りを意識しているようにも思えない。まるで町を見回る警護隊のように、害のある魔物を見つけては退治している。

「人間のため？」

思い切って聞いてみる。

しばらく無言の時間が流れた。返事はない。マレディクスは風雨で髪が邪魔にならないようにか、一つに編み込み始めた。

答えたくないのか。ならばと、もっと知りたい疑問をぶつける。

「おれが子どもの頃に会ったの覚えてるか？　八年前の満月の夜、あんたが手に矢を射されたとき」

マレディクスは変わらず返事をしない。いくら彼でも、矢で射抜かれた経験はそう多くないだろう。八年前ならそこまで昔でもない。覚えているはずだ。

「おれ、ずっとあんたは他の魔物の獲物を奪おうとしてるんだと思ってた。でも、おれのこと助けようとしてたんじゃないの？」

リヒトに向かって差し伸べられた手。

幼い自分は取って喰われるのだと怯えたけれど、あれは抱き上げて安全な場所に連れて行こうとしたのではないか。蜘蛛の呪いを受けた赤子のように。

だから神官たちが現れたときに、もう大丈夫だとその場を離れたのではないだろうか。逃げ出したわけではなく。

リヒトの質問を無視して支度を続けるマレディクスに焦れて、語気が強くなる。

「答えろよ！　あんた、人間を襲ったりしてないんだろ⁉」

リヒトを見ようともしないマレディクスの腕をつかむ。

と、マレディクスはリヒトの手を振り払い、逆に手首をつかんで睨みつけてきた。

「殺そうとした」

ひく、とリヒトののどが震える。

「満月の光と魔物の血に興奮していた。美味そうな子どもだから攫って喰らおうと思っていた。それで満足か」

マレディクスの口から告げられる言葉が、ずんと腹の底に響いた。そこはかとなく抱いていた信頼が、泥のついた靴で踏みにじられた気がした。

「……だって、あんたは人間も魔物も食わない。生活習慣は人間と変わらないって……」

信じたくないと思う心が、言葉を続けさせる。震える声が自分でも情けない。

「満月の夜の魔物を、通常と同じと思うな。きっかけがあれば興奮が膨れ上がり、理性が吹き飛ぶ。俺は殺戮の快楽も、人間の味も知っている」

勝手に裏切られた気持ちになる。こいつは最初から、リヒトの思うような魔物ではなかったというだけなのに。どうしてこんなに腹が立って悲しくなる？

家族を殺した魔物への怒りが、目の前の魔人に重なった。

「ああ、そうかよ！　あんたもしょせん魔物なんだ！　少しでもいい奴かと思ったおれが馬鹿だった！　絶対いつか殺してやるからな！」

マレディクスの手を振りほどいて怒鳴る。

肩で息をするリヒトの横を通って、マレディクスが扉に向かう。部屋を出ていくとき、一度だけ振り返った。

「早く俺を殺せるくらい強くなれ。この世の魔物を、全部殺して回ればいい」

扉の閉じられる音が、冷たく耳に聞こえた。

胸が痛むのが悔しくて、握った拳で自分の心臓の上を強く叩いた。


がしゃん！

と、なにかが割れる音がして、リヒトは目を覚ました。

リヒトの部屋に時計はなく、暴風雨が叩きつけられた窓は激しく軋んで何時頃なのかわからない。疲れていて深く眠ってしまったが、体感では真夜中というところか。

急いでベッドから降りて部屋を出る。オイルランプを点けるのももどかしく、魔術で周囲を照らした。

「マレディクス⁉」

廊下の突き当たりの壁に嵌まっていたステンドグラスが割れ、その下にマレディクスが倒れている。割れたグラスの間から大型の野犬のような魔物がマレディクスに食らいつき、外に引きずり出そうとしていた。

（魔狼だ！）

魔狼はリヒトの作った光に怯み、マレディクスから牙を離して後ずさる。魔狼のやっかいなところは、集団で行動するところである。自分たちよりはるかに強力な相手も、数の力で狩り殺す。

だが圧倒的に光には弱い。魔狼が山や森にしか出ないのは、それが理由だ。

リヒトはマレディクスの側に駆け寄ると、豪雨が吹き荒れる外に向かって渾身の聖光を放った。

「光もて闇を祓え！」

瞬間、周囲が真昼のように白く輝く。

館に集まっていた魔狼の群れが犬のような鳴き声を上げ、散り散りに光から逃げて行った。

魔狼たちが去った後は、激しい雨と風の音だけが鳴り響いている。

マレディクスの左半身はひどい嚙み傷だらけで、意識を失っているようだ。

「とにかく、中に運ばないと……」

急いで魔術で効果を高めた聖水を振りまいて魔物の侵入を防ぎ、雨風や動物が入り込まないよう、キッチンのミニテーブルを倒して割れた部分を塞ぐ。

一人で自分より大柄なマレディクスを抱えるのは難しい。手当てに手伝いも必要だ。

「待ってろ、アンリエッテを呼んでくる」

聞こえないだろうと思いながらマレディクスに声をかけ、アンリエッテの部屋に走っていった。

「アンリエッテ！　アンリエッテ、起きてくれ！　マレディクスが怪我してるんだ！」

扉を叩いて声をかけるが、起きてこない。窓を叩く豪雨の音で聞こえないのか。

ノブを回すと、鍵はかかっていなかった。

「アンリエッテ？」

弱い光を作りながら、アンリエッテの部屋を覗く。

初めて入るアンリエッテの部屋は、少女らしい花柄の壁紙に、あちこちに人形やぬいぐるみが置かれていた。壁には女性の絵がかかっている。先祖か、母親か。とても美しい黒髪の女性は、聖母のようにやわらかい笑みを浮かべている。

シルクのカバーがこんもりと盛り上がったベッドに、そっと近づいた。眠っているところを起こすのは可哀想（かわいそう）だが、緊急事態だ。

「ごめん、起きてくれ。アンリ……」

眠る少女を揺り起こそうと肩に手を伸ばし、光に照らされた顔を見てぎょっとした。

「人形……!?」

ベッドに眠るのは、金色の巻き毛を持つ等身大の少女人形だった。木で作られた肌は丁寧に磨かれており、金の髪は糸でできている。

「そんな……」

思わず足がよろけた。

――――あたしは年を取らないってことだけ。

年を取るはずがない。人形なのだから。

人形に意志を与えたのか、人間の魂を移したのか。

姉と言ったことを考えれば、後者だろうと想像がつく。招魂、死者の復活は、黒魔術の中でも禁忌中の禁忌である。死者の安らかな眠りを奪う権利は誰にもない。

「とりあえず……、マレディクスをベッドに……」

心臓に汗をかいたように、胸が苦しい。ふらふらしながらマレディクスのもとに戻った。

噛み傷が開いて、床に血が広がっている。無理に動かせばもっと傷が広がってしまう。ここで手当てするしかない。

マレディクスが半分魔物ということを考えれば、聖水で洗うのは余計に傷を広げる恐れがある。穢(けが)れを清めるのも必要かどうか。なにしろ魔物の手当てをしたことがないから、なにもかもわからない。

「くそ、半分は人間だろ……っ」

傷を治す精霊は、魔物のための召喚には応じないだろう。リヒトの回復魔術では、こんなに大きな傷は治せない。とすれば止血をして薬を貼るだけだ。自分のための薬をたくさん作っておいてよかった。

いくら夏でも、雨に濡（ぬ）れた体で血を失えば体温が下がる。傷に注意しながら鋏（はさみ）でシャツを裂いて剝ぎ取り、ズボンに手をかけた。

「……悪い、切るぞ」

ズボンの左脚は魔狼に嚙み裂かれてぼろぼろだが、ずぶ濡れだったことが幸いして傷にくっついてはいない。

肌に当てないよう慎重に布を切っていくと、マレディクスの髪色と同じ白銀の下生えが覗き、どきりとした。

神殿で怪我人を手当てするときも服を切り裂いた。男性の全裸など何度も見ている。なのにマレディクスの体を盗み見ているような後ろめたい気持ちになるのはなぜだ。

大ぶりの男性器が現れたときは、つい目を逸（そ）らした。体に見合った大きさはあるが、人間のそれと変わらない。なのになんでこんなにどきどきするのか。

「見慣れてんだろうが、ばか」

自分に向かって悪態をつく。それこそ自分にだってついているじゃないか。女性の全裸でもあるまいし。

服を脱がせ終わると、水で傷を洗い流し、清潔な布で押さえる。ガーゼに膏薬（こうやく）をたっぷりと塗って、傷に貼りつけた。

「体温、低いな……」

部屋からブランケットを何枚か持ってきて、すき間がないよう体を覆った。意識さえあれば温かい飲みものを与えることもできるが、今のマレディクスの状態では無理だ。本当なら薬も飲ませたいが、それもできない。

あとできることと言えば――――。

「他意はないからな」

言い訳のようにつぶやき、マレディクスに唇を重ねた。精気を流し込む。いつも与えられるばかりで、自分の精気を分けるのはこれが初めてだ。マレディクスの精気量に対して、自分の精気は圧倒的に少ない。どれだけ送り込んだら足しになるのか。舌でマレディクスの唇を割ると、鋭い牙を持った歯列に当たる。人間とは違う形にどきりとした。なぜか心臓がうるさい。

なんでもないと自分に言い聞かせ、そのまま歯列を潜ると滑らかな舌にぶつかる。舌の表面を舐めるようになぞれば、急速に自分の精気がマレディクスの中に引っ張られるのを感じた。

マレディクスが本能的にリヒトの精気を吸い上げている。体中の力が奔流のようにマレディクスに流れていく。どのくらい与えれば彼の回復に有効なのか見当がつかない。

見る間に意識が遠ざかり、頭の中が真っ暗になる。これ以上はまずい。

でも自分はマレディクスに助けられてばかりなのだ。ここで助けずにどうする。

（もう……、少し、だけ………）

意識を失う直前、触れ合ったマレディクスの舌がわずかに動いた気がした。


体が重い。

体重が何倍にも増えたように、ずっしりと地にめり込んでいる気がする。まるで高熱を出して寝込んだあとのように指すら動かせない。

水底から浮いてきたような朧げな意識は、また暗い穴に落ちていきかけた。

突然、ふわ、と体が持ち上がって、目の前が明るくなる。温かくて、明るい光。自分は、その光に向かって手を伸ばす――。

ふと目を開くと、アイスブルーの瞳があった。白銀の髪がさらりとリヒトの頰を撫でる。

「マレディクス……」

気づけばベッドに寝かされ、手を握られていた。マレディクスは苦しげに目を細める。

「どうしてあんな真似をする。　俺が目覚めるのがもう少し遅かったら、死んでいたかもしれないんだぞ」

そう言われ、自分のしたことを思い出す。

意識を失うほど精気を与えたのはやりすぎだったかもしれないが、後悔はしていない。

「ただ助けたいと思ったから……」

マレディクスはリヒトの手を両手で握り直し、懺悔するように自分の額に当てる。深く息をついた。伏せた顔から、くぐもった声がした。

「俺なんかのために……」

マレディクスらしくない弱気な言葉に聞こえた。まるで縋りついてくる幼子のように見えて、握られていない方の手で頭を撫でた。

マレディクスは驚いたように顔を上げる。初めてそんな表情を見て、つい笑った。

「そんな顔もするんだな」

もっと見ていたかったのに、マレディクスはすぐに表情を消してしまう。

「どうして俺を殺さなかった。絶好の機会だったろう」

「あの状態のあんたを殺す意味ある？　おれの目標はあんたより強くなることなのに」

ただ殺すのが目的じゃない。完全なこいつを倒せるようじゃなきゃ意味がない。

マレディクスは薄く笑った。

「そうか……。そうだな、早く強くなって俺を殺せ」

その笑い方が悲しそうで、ちくりと胸に痛みが走った。マレディクスが楽しそうに笑った顔を見たことがない。

見てみたい、と思った。

マレディクスの瞳と視線が絡む。互いの瞳の中にあるなにかを探り合っているようなのに、それがなんだかわからない。

見つめ合ううち、アイスブルーが近づいてきて――。

一瞬だけ触れた唇が、わずかに距離を開ける。マレディクスのまつ毛がリヒトの目もとをかすった。

再び重なってきた唇からは、精気が流れ込んできた。

「ばか、いらないって……！」

ひどい怪我をしているのはマレディクスの方だ。どうやらリヒトをベッドに運べるほどに回復したようだが、まったくの完全ではないはずだ。

覆い被(かぶ)さってくるマレディクスの肩を押しやろうとしたが、まだ手に力が入らない。マレディクスはさらに深くリヒトの口腔(こうこう)に潜り込んできた。

「う……」

気持ちいい。

精気がリヒトを満たしていく。心地よさにマレディクスの体の下で胸を震わせた。いつもより深く長く与えられて、体も意識も砂糖が溶けるようにとろとろに蕩けていく。

熱を孕んだ声が、耳をかすめた。

「リヒト……」

ハッと目を開ける。

同時に飛びのいたマレディクスが、動揺に瞳を揺らがせる。信じられないというような顔をして、リヒトに背を向けると引き留める間もなく部屋を出て行った。

「マ……」

力強く閉じられた扉はリヒトを拒絶しているようで、追いかける気にはなれなかった。

ベッドに上半身を起こし、額を手で覆う。

「なん……だよ……」

今、おれの名前を呼んだのか？　もしかして、初めて。

思い返すと顔が火照った。耳の奥に、マレディクスの声が繰り返しよみがえる。

やたらに唇が熱くて、指でそっと触れる。

（キスだった……）

ほんの一瞬だったけれど、触れて離れた唇。どんなに深く舌を絡めても、精気の授受が介在している限りは治癒行為だ。けれど最初のあの瞬間だけは、ただのキスだった。

「嘘だろ……」

嫌じゃない、なんて。

高鳴る鼓動が胸を甘く締めつける。惹かれているのか。まさか、魔物に。

家族の顔を思い出し、甘やかさと同量の罪悪感に背筋がぞっとした。

あり得ない。魔物は忌むべき存在だ。こんな気持ちを持つのは、家族に顔向けできない。

でも殺したのはマレディクスじゃない。彼はむしろ……。

「ちくしょう……」

なんでこんな気持ちを持った。こんなはずじゃなかった。魔物への憎悪を膨らませることはあっても、好意を抱くなんて。しかも特別な意味で。

考えれば考えるほど、マレディクスが魔物という認識が希薄になっていく。

いったいどうすればいい？

立てた膝の間に顔を埋めたとき、部屋の扉がノックされた。

「入っていい？」

アンリエッテの声が聞こえ、ぎくりとした。昨夜の人形は夢にも思える。いや……。

リヒトはベッドを降りると、歩いていって扉を開けた。いつもと変わらぬ愛くるしい笑顔がリヒトを見上げている。

「おはよう。って時間でもないかしら」

「おはよう……」

　体を引いて入室を促すと、アンリエッタは軽い足取りで入ってきて寝椅子にちょこんと座った。そうしていると、飾られた少女人形のようだ。

　両足をぶらぶらさせて、いたずらっぽい表情をした。

「見られちゃったわね、あたしが人形だってこと」

「全然わからなかったよ」

　黒魔術で招魂されているのだとしても、彼女自身が魔物なわけでも魔力があるわけでもない。だから気づかなかった。

　アンリエッテはにこっと笑う。

「あたしは太陽の出てる時間しか動けないの。あ、曇りでも雨でも、太陽が出てる時間なら大丈夫なんだけどね。だから冬は日が短くて嫌になっちゃう」

　アンリエッテはいつも日没前に部屋に行ってしまう。オイルランプの節約のためだと思っていた。外見上は十歳に満たない彼女が夜の早い時間に就寝に向かうのも、不自然に思わなかった。

「アンリエッテは怒らないのか？　魂を人形に閉じ込められて」

　安息を奪われるなんて、恐怖でしかない。

「誤解しないで。あたしが頼んだのよ」

「どうして……！」

アンリエッテは小さな肩をすくめた。

「だって、あの子一人じゃ買いものもできないでしょう？」

外見が魔物だから。

ブロンズの肌とそこに浮かぶ文様は、どうやっても隠せない。

アンリエッテは昔を懐かしむような遠い目をした。

「ずっとずっとお世話してきたのよ、あたしが生きていたときから」

一人では人間らしい生活も送れない弟を残して死出の旅に立つ、姉の苦悩を想像する。

「エンデは太陽の強い光が苦手だから、寝るのは昼なのよね。本当は夜一緒に過ごしてあげたいんだけど。でもその代わり、買いものや家事が昼の間にできるからエンデに不自由させないで済むわ」

アンリエッテが弟を大切に想う気持ちが伝わってくる。

「ねえ、昨日夕食後にエンデとなにかあった？　いつものエンデなら、魔狼なんかにやられるはずないんだけど。なにか荒れることでもあって気がそぞろだったみたい」

さすがに長年マレディクスを見ているだけのことはある。

「いろいろ……、おれ、八年前にあいつに会ってるんだ。あのときはてっきり食われるんだと思ってたけど、本当は助けようとしたんじゃないかって聞いた。あいつは否定したけど」

マレディクスの口から否定されて、悲しかった。

「魔物狩りして回ってるのだって、人間を守るためじゃないかと思ったんだ。だってそうだろ、おれ、あいつが魔物食ってるとこも人間襲ったところも一回も見てない。毎晩ついて歩いてるのに……！」

まだ信じられない。幼いリヒトを食おうとしたなんて。

その気になれば振り切れるのに、リヒトがついて来られる速さで走る。慎重に魔術の種類を選んで、お手本みたいにきれいに見せてくれる。それも人間の生活を脅かす魔物にだけ。害のない大人しい魔物は、森で静かに暮らしている。

食べものや宝玉を盗んだりもしない。できるだけ人目につかぬよう、黒い服を着て暗闇を移動する。

「なのに、あいつは人間の味を知ってるって言った。満月の夜はいつもと違うんだって。だからおれはあいつを……！」

いつか絶対に殺してやると吐き捨てた。

「ああ、それでなのね」

アンリエッテは困ったいたずらをした子を見るような、大人びた笑みを浮かべた。

「本当なのか……？　マレディクスが人間を……」

「もしあなたを食べようとしたって言ったんなら、それは嘘ね。でも人間の味を知ってるっていうのは本当」

一瞬、世界が色褪せたような衝撃を受けた。

自分の見ていたマレディクスはやはり一面だけで、真の魔物の顔は別にある――――。

「いつも……？　満月のときは、人間を食べる欲求に抗えない……？」

それこそが、自分が殺したいと思っていた魔物のはずなのに。

マレディクスがそうなのだと思うと、どうしようもなく心が悲鳴を上げる。

アンリエッテは寝椅子に座ったまま膝に肘をついて頰杖をし、じっとリヒトを見つめた。

「あたしが話したって言ったら、エンデは怒るかもしれないわね。でもあたし、エンデが誤解されたままなのは悲しいの。あの子はそれでいいって言うだろうけど」

知りたい。

「まあ、誤解でもないのかしら。エンデは父親を食い殺してるから。あ、正しくはあたしの父親ね。エンデの父親はどっかの魔物だから」

さらりと告げられた言葉は非現実的にリヒトの耳を滑った。父親を？

「そんな……」

「そこだけ切り取るのはよくなかったわ。ちょっと長くなるけど、聞いてくれる？　最終的にどう判断するかはあなた次第だけどね」

そして、アンリエッテの口から昔ばなしが語られた。

土地の領主には美しい妻がいた。領主は爵位を手に入れるために貴族の娘を妻にしたが、彼女のもの静かで質素を好む性質は、領主の派手で遊び好きな性格にはもの足りなかったらしい。娘が生まれる頃には、領主はすっかり妻に飽きて何人もの愛人を囲っていた。生まれた娘の器量が〝魔物の取り替え子〟と噂されるようなものであったことも、妻を遠ざける一因になったのかもしれない。

妻は娘とともに、森の奥の小さな館に追いやられた。身の回りの世話をするためについてきたのは、妻が嫁いでくるときに一緒に実家から連れてきた幼なじみの夫婦ものだけ。

夫婦ものは使用人であったが、同時に妻の心許せる友人であり、大事な家族だった。子どものいない夫婦ものは娘のこともたいそう可愛がり、四人は贅沢をせずとも楽しく幸せに暮らしていた。

領主は狩りで遠出をしたときに休憩のためだけに館に寄ることがあったが、飽きた妻に触れることはもうなかったという。それでも礼儀正しい妻は、夫が来るたびに精いっぱいのもてなしをして歓迎した。

娘は領主の前に顔を出すことは許されず、部屋に閉じこもって父が帰るのを待った。本来なら領主の娘として肖像画の数枚も描いてもらえるところだが、画家が派遣されることは一度もなかった。

それでも、父が来るとき以外は穏やかな暮らしだった。娘は人形遊びを好み、部屋にたくさんの人形を置いた。友達のいない娘の遊び相手は、家族と人形たち。

そんなある日、悲劇は起こった。

満月の夜、妻が魔物に襲われたのだ。食い殺されこそしなかったものの、魔物に犯され、やがて子を産んだ。

生まれた赤子は、魔物の血を引き継いだ姿をしていた。髪は白銀、黄銅色の肌には奇怪な文様が浮かぶ男の子。夫婦ものは森に赤子を捨てて始末するべきだと妻を説得したが、慈悲深い彼女はそれを拒んだ。

生まれた子に罪はない。半分は自分の血を継いでいるのだから、人間として育てれば人間になるはず。神さまが授けてくれた愛しい自分の子であると。

幸い夫はほとんど館に寄りつかない。ここで隠して育てよう。

そして五人での生活が始まった。

姉は弟をとても可愛がった。魔物の子は見た目と太陽の光が苦手なこと以外は普通の赤子となんら変わらず、最初は気味悪がっていた夫婦ものも、すぐに愛情を傾けるようになった。

やがて魔物の子が幼児になると、不思議な力を使い始めた。小さな魔物を呼び寄せたり、手を使わずにものを動かしたり、ときには炎を操ったり。

そのたびに母は息子に言い聞かせた。

あなたの力は、人の役に立つよう神さまがくださったもの。害を為してはなりません。自分の欲のために使ってはなりません。人々のために使うのですよ。

そして将来息子が必要とするであろうと、たくさんの魔術書を集めた。正しい使い方を覚え、自制できるようになるために。

人前には出せないが可愛がって育てられた魔物の子は、人間に興味を持つようになった。

自分の周りには家族しかいない。やさしい人間に囲まれている。だから、きっと他の人間もやさしいに違いない。

自分は他の人間とは違うと言い聞かされて育ってきたけれど、実感はなかった。家族以外の人間を知らないから。

いけないとは知りつつも、内緒でこっそりと村祭りの夜に館を抜け出した。夫婦ものの会話から、ちらっと祭りの話が聞こえたからだ。

初めて森を抜けると、人々の賑やかな声が遠くに聞こえた。空にはにっこりと笑ったような月がかかっていて、魔物の子の心は浮き立った。

広場が見えるところまで行くと、あちこちにランタンが灯してあって、たくさんの人間が笑いながら酒を飲み果物や料理を食べていた。なんて楽しそうなんだろう！

初めて見る人間たちは、大きいのも小さいのも、太いのも細いのもいた。自分と同じくらいの子どもも何人もいる。これだけ子どもがいるのだから、一人くらい交ざってもわからないだろう。

ランタンの灯り(あか)は周囲をほの明るく照らす程度で、足もとや少し離れた場所は薄暗い。

魔物の子は食べものの載ったテーブルに近づくと、ぽいぽいと料理を口に入れた。とっても美味(おい)しい。

他の子とお話をしてみたくてうずうずして、近くで母親から飲みものをもらっていた同じくらいの年の少年に声をかけた。

こんばんは。すてきな夜だね。

少年は魔物の子を見ると地面に尻もちをつき、母親は「魔物よ！」と叫んで木製のカップを投げつけた。

恐怖の叫びと怒号が沸き起こり、魔物の子の周囲から人が逃げ出した。なにが起こったかわからない魔物の子に、石つぶてや木の棒が飛んでくる。

痛い、痛い、やめて！

手に手に斧(おの)や農具を持った大きな男たちに取り囲まれ、足がすくんだ。武器を持った男たちに襲いかかられ、泣きながら森に逃げ帰った。

家族は魔物の子が抜け出したことに気づいていて、心配しながら帰りを待っていた。大好きな母の腕に飛び込み、大声で泣いた。

怖いよ、怖いよ、どうして嫌われるの？　なにもしてないのに！　人間なんか嫌い！

母は泣きじゃくる息子の頬に何度もキスをした。

人間はとても臆病な生きものなの。自分たちと違うものが怖いだけ。人を嫌わないで、憎まないで。あなたのきれいな青い瞳が、憎しみに染まるのを見たくない。

ほら、わたしたちを見て。あなたを愛してるわ。あなたを愛してるわたしたちも人間なの。

あなたは愛を知る生きものなのよ、わたしの可愛い子。

最愛の母の言葉は魔物の子の大事な宝ものだ。

憎まない。嫌わない。自分の力は人の役に立つことに使う。自分も家族を愛している。

いい子ね……。

それからは、人間に近づかなかった。

魔物の子は、月を見上げる。まんまるになるときだけは部屋にいなさいって母が言うから、大人しくそうする。まんまるの日は体がむずむずして飛び出したくなるけど、我慢した。

でもある日、月がまんまるの夜、父が館にやってきた。父が来るときは魔物の子は絶対に出てきてはいけない、隠れていなさいと言われていたから、部屋でじっとしていた。

父の怒鳴り声が聞こえる。

部屋の扉を開けながら、こっちに近づいてくる。この部屋にも来てしまう。どうしよう、父に見つかってしまう。どうしよう、怖い。

見つけたぞ、魔物め！

初めて顔を見る父は、狩猟に使う銃を持っていた。父は銃を魔物の子に向ける。父は言う。

魔物を殺す銀の弾丸だ！

母が父の腕に取り縋る。父が振り払うと、母は床に倒れた。魔物の子は母に駆け寄る。息子を庇(かば)った母の胸を、弾丸が貫いた。

魔物と通じて子まで為すなど、この不貞の背信者が！

駆けつけてきた夫婦ものも、父を止めようとして凶弾に倒れた。

おまえたちも同罪だ！

三人が重なって、絨毯(じゅうたん)に赤い染みが広がる。外れ弾が窓を割って、月の光が降り注ぐ。恐怖に埋め尽くされた魔物の子の心が、怒りに取って代わった。

気づけば、父ののど笛を食いちぎっていた。手も口も真っ赤に染まっている。

息子に向かって伸ばされた母の手を握る。

愛してるわ……、愛してるわ、わたしの可愛い子……。絶対に自棄(やけ)になったりしないでね。人間を憎まないでね。あなたの力は、みんなのために役立てて。そうしたらわたしも嬉しいわ。生まれてきてくれてありがとう。忘れないで、あなたを愛するわたしたちもまた、人間なのよ……。

心臓が止まるまで、母は繰り返し息子に言い聞かせた。号泣する魔物の子を、大好きな姉が抱きしめた。

ずっとずっと一緒にいるよ。あなたを一人になんかしないから。大好きよ、エンデ。

「だから、あたしが病気になったときエンデにお願いしたの。人形に魂を移してって」

こんな話を聞いて、アンリエッテの魂を人形に移したことを、自分は咎められない。なにが禁忌で、なにが絶対的な正義なのか、自分の中の価値観が揺らぐ。

そもそも魔物のすべてが悪で、人間のすべてが善なのか？　半分魔物で半分人間のマレディクスは、半分悪い生きものなのか？　では残りの半分は？

人間に善人と悪人がいるように、魔物にも個性がある。画一的に白黒を分けていた自分は、視野が狭すぎるのではないだろうか。

「この家はね、お父さまが残してくれた財産なのよ。お母さまたちが亡くなってから、殺人があった家って、誰も近寄らなかったから都合がよかった。いつしか魔物が廃屋に棲みついたって噂になったわ。もともとあたしたちの家なのに」

アンリエッテは笑いながら、

「エンデの服もお父さまが着てたものよ。だからちょっとクラシックなデザインでしょ。でもお父さまは着道楽で、あまり立ち寄らないこの館にもいっぱい服を揃えてたから、着るものには困らなくて助かってる」

そう話してくれる。

アンリエッテは寝椅子から立ち上がると、リヒトの前でくるんと一回転した。ブルーのエプロンドレスがふわっと広がる。

「可愛いでしょう？　この姿になってから、鏡を見るのが楽しいの。以前はほんと悲しいくらいだったわ。エンデは前のあたしも可愛かったって言ってくれるけど、エンデの基準なんてあたしを含めても四人しかいないから、信憑性ないわよね」

くすくす笑うアンリエッテは、天使のような少女に見える。

でもきっとマレディクスの目には、以前のアンリエッテもとても美しく見えていたに違いない。大好きな姉だから。

「でも、じゃあ、なんでマレディクスはそんなに人間の味方するんだ？　母親の遺言だから？」

マレディクスにしてみれば、なにもしていないのに迫害されて、避けられている。人間である継父に家族も殺された。とても助けたい存在ではないだろう。リヒトだって魔物に家族を殺されて、すべての魔物を恨んだ。

「そうよ」

あっさり肯定される。

「エンデにとって、お母さまは神さまと同じなの。あの子の世界には、たった四人しかいなかったんだから」

もし自分が家族の遺言で魔物を恨むなと言われたとして、恨まずにいられるだろうか。

無理だ。

母と、姉と、使用人の夫婦。

慈しんでくれた四人。母と使用人がいなくなってからは、アンリエッテ一人だけ。他の人間と会話を交わすこともなく、暗い森の中で人形と暮らす半魔の寂しさは想像を絶する。その中で頑なに母の教えを守り続けるマレディクスは、自分よりずっと強くてやさしい。

「子どもって、親に愛されたくて一生懸命でしょう」

マレディクスは愛されたいのだ、と思ったら胸が痛んだ。

魔物を狩って人間を守るのは、ずっとずっと報われない愛を求めているような行為だ。そして母の教えを守ることで、人間を愛したいと叫んでいるようにも思える。

「あなたが五人目になってくれたのが、すごく嬉しい」

「え」

アンリエッテは後ろで手を組んで、無邪気に笑いながらリヒトを見た。

「エンデがあなたに嘘つく理由、あたしわかるわ。あなたに憎んだままでいてもらいたいからよ。あたし、最初はあなたがここに住むことに反対したけど、今は違う。もしエンデが死を迎えるとしたら、きっとあなたに殺されたいのね」

「なんで……」

「エンデはね、贖罪の機会を待ってるの。あたしの父を食い殺したこと、人間の味を知ってしまったこと、ずうっと罪に思ってる。だからお母さまの遺言を守りながら、人間の味方をすることで罪を贖ってるつもり。そしていつか人間に殺されることで、贖罪が終わる気がしてるんじゃないかしら」

真実の彼を知れば、憎しみを抱いてきた分だけ申し訳なくて深い後悔に変わった。

愛されたくて、罪を赦されたくて、死を待ちながら孤独に戦い続ける半人半魔。

そんな悲しい存在を、今すぐ抱きしめたいと思った。


マレディクスの部屋をノックし、返事も待たずに扉を開ける。

夕陽の射し込む部屋は小ぢんまりとしていて、物が少ない。壁にはアンリエッテの部屋にあったものと同じ女性が描かれた絵がかかっていて、二人の母なのだとわかった。絵の前には小さな祭壇があり、花が飾られている。

マレディクスは部屋の中央にあるベッドにいた。さすがにあの傷でリヒトに精気を分け、消耗が激しいのだろう。

やっぱりマレディクスもベッドで眠るのかと思ったら、彼のプライベートを覗いたようで、なんとなく距離が縮まった気になる。

この部屋に来る前に、考えて、考えて、何度も自分の心に問いかけた。

やっぱり人間に害を為す存在は許せない。魔物にも害獣にも子を愛しいと思う感情はあるだろう。でも自分は人間を最優先に守りたい。戦争で敵国の兵を倒すことと同じだ。

敵か、そうでないか。魔物だからといって一概に殺して回らずとも、害のないものは捨て置けばいい。自分たちを守るため、敵に回るなら討伐する。それだけだ。

そして、たとえ半分魔物であったとしても……。

近づくと、マレディクスは目を開いた。怪我をしていて服は着づらかったのか、ガーゼで傷を覆ったままの上半身は裸だった。

ベッドに腰かけ、マレディクスの顔の横に手をついて覗き込む。マレディクスは感情を殺したような目でリヒトを見上げた。

「なにをしにきた」

ベッドに流れる白銀の髪がきれいだな、と思ったら、口もとが弛んだ。冗談口で言う。

「寝込みを襲いに来た」

「おまえがそれで満足するなら殺せ」

つい笑いが漏れる。前に寝首を掻くと言ったからそう思われるのも仕方ない。

「そっちの意味じゃないよ」

こんなに近くでじっくり顔を見るのは初めてかもしれない。

きれいな鼻筋や、意外と細い顎は母親譲りか。リヒトを見つめるアイスブルーの瞳に吸い込まれそうになる。凍った湖のようで、ここに悲しみや寂しさが閉じ込められているのなら、溶かしてやりたい。

(あ、やっぱそうなんだ……)

自分の気持ちがはっきりと形を取った。

誰でもいいから彼を救って欲しいのではなく、温めたいと思った。自分が。

愛憎が表裏一体だと言ったのは誰だったろう。憎しみとともに反芻し続けた彼への想いが、同じだけの強さで愛しさに変わっていく。

「キスしていい?」

マレディクスはリヒトの唇を避けるように顔を横向ける。

「精気はいらない。おまえにもらった分を返しただけだ」

「そうじゃなくて。さっき、おれにキスしたろ。ほんの一瞬だったけど、精気くれる前」

マレディクスは黙り込む。アンリエッテいわく人との会話にも嘘をつくことにも慣れていない彼は、返事に困ればすぐに口を噤んでしまうのだとわかった。

人慣れしていなくて可愛い、と思うなんて。アンリエッテと同じだ。

自分が手当てしたガーゼをそっと指で撫でる。ぴく、とマレディクスが動いた。

「怪我させてごめんな」

「……どうしておまえが謝る」

自分が問い詰めたせいで苦手な嘘をつかせ、マレディクスが罪であると思っていることを口にさせた。その動揺がなければ、怪我をすることもなかったはずだ。

「あんたの怪我はおれのせいだから」

「なぜおまえのせいになるんだ」

言ったら怒るかもしれないが。

「アンリエッテから聞いた」

なにを、とは聞かれなかった。

マレディクスの視線が鋭くなる。怒りを含んだ青い目が、リヒトを睨めつける。

「あんたのこと、ずっと誤解しててごめん。おれのこと助けてくれたのに」

「誤解の余地などない。おまえが見たものがすべてだ」

「うん。だから、おれの見方が間違ってたって話。でも、あんたも嘘つくのはよくないよな? あ、アンリエッテがおれに嘘ついてるっていうなら、そう言って」

マレディクスは認めるしかない。彼の大切な姉を嘘つきにしてまで、リヒトを欺きたくないはずだ。

「もっとあんたのこと知りたい。……エンデ」

もう魔物の名で呼びたくない。

エンデはまるで傷が痛むような顔をした。

「やめろ」

「やめない。あんたが好きだから」

エンデの表情が強張る。

きっとエンデには、はっきり言わなければわからない。人との会話に不慣れな彼は、含みのある言葉や遠回しな表現なんて理解しない。

下手にエンデに決めさせればきっと逃げてしまう。こいつを手に入れたいなら、自分から奪いに行くしかないのだ。エンデを癒したい気持ちの裏に、自分のものにしたい欲望がちらちらと見え隠れしているのを自覚する。

「なにを言っている……。おまえは、俺を殺したいんだろう……」

殺すと言ってくれ、と願っているように聞こえた。

わかってるよ、エンデ。いつか自分を殺す人間を待っていることは。

「おれは白魔術も黒魔術も手に入れる。世界一強くなる。そのとき隣にあんたがいたら嬉しい。あんたはおれに殺されたいんだよね。だったら一緒に魔物を狩ろうぜ。世界中の魔物を狩り尽くしたら……」

そんな現実的でない果てしない未来を、ふと想像した。こいつとなら、できるかもしれない。

もしも、世界から人間に害を為す魔物がいなくなったら。

「そのときまだ死にたいと思ってたら、一緒に死んでやる」

エンデが目を見開く。

「あんたを独りになんてしない。あ、でも、エンデが死んだらアンリエッテの魂も天に昇る？三人でなら死後の世界も楽しいかもな。いや、エンデのお母さんと使用人夫婦もいるのかな。紹介してくれよ」

まるで楽しいピクニックの話をしているようで不思議だ。

エンデは追いつめられた獲物のような表情をして、搾るように声を出した。

「天には昇れない。俺は、生まれながらの罪人だ……」

リヒトは眉を顰(ひそ)める。

「どういう意味？」

「母は魔物に襲われて不本意に俺を産んだ。母も使用人夫婦も父に殺された。俺のせいで……、俺が母の腹に宿ったばかりに……」

「そんなの……！　あんたのせいじゃないだろ⁉」

なにを言っているんだ。子どもが自分で腹に入るわけでもないのに。

エンデは辛そうに目もとを手で覆った。

「わかっている……、わかっているんだ。母もそんなことを思っていない。俺が勝手に罪を感じているだけだ……」

継父を殺し、人間の味を知ったことだけではない。エンデは自分自身を罪の存在であると感じている。

「……そんなわけないだろ」

無性に怒りがこみ上げた。

「そんな理不尽、おれは絶対認めねえからな！」

リヒトの怒鳴り声と言っていい勢いに、エンデが驚いて目を見開く。

「最初から罪のある存在なんていないんだよ！　ふざけんな、あんたお母さんに愛されてたんだろ⁉　お母さんだけじゃない、アンリエッテだって使用人の夫婦だって、あんたのこと好きな人がそんな言葉聞いたら悲しむじゃないか！　おれだって……！」

興奮しすぎて、涙が滲んできた。

「おまえ……」

体を起こし、目の縁に浮かんだ涙を手のひらでぐいと拭った。エンデも後ろ手をついて上体を起こし、呆然とリヒトを見た。

「泣いているのか、俺のために……」

「あまりにも腹が立って涙出てくるだけだわ」

こいつが納得するかなんてわからないけれど。

「赦されたいんだな？　わかった、おれが赦す。こう見えてもと神官だ。見習いだけど」

人差し指と中指を二本そろえて、指先をエンデの額に当てる。懺悔する人間に、神に代わって神官が赦しを与えるときに使う形だ。

「そもそも赦すことなんかなんにもないけどな。それでも赦されたいってなら、救いを求める人間を、神は拒絶しない」

エンデは人間だから。

目を閉じ、声に祈りを込める。

「己の罪を悔い改めんとする正しき人間よ。汝は神の愛し子。親愛なる神のしもべ。その真心を神に捧げよ。……神の名において、汝の罪を赦す」

そして額の上で指を左右に開いた。心の門が開き、すべての罪を天に帰すという意味を持つ。

神への感謝をつぶやき、目を開く。

エンデは呆然とリヒトを見ていた。青い瞳に、リヒトの姿が映っている。

ただ互いを見つめ合う時間が流れた。そのままどれくらい経ったのだろう。

かすかに開いていたエンデの唇が震え――。

「リヒト……」

エンデの腕が伸びてきて、壊れもののようにリヒトの体を包む。抱きしめる、というにはやさしすぎる、怖々とやわらかいものに触れるような力で。

「リヒト……、リヒト、俺は赦されたのか……、生きていていいのか……」

リヒトに尋ねるというより、自分自身に言い聞かせるような声だった。

たった一人。

家族以外の人間が、自分に赦しを与えた。生きることを肯定した。

生を受けてから一度も神殿に足を運ぶことさえできなかったエンデにとって、神の赦しはどれほどの喜びなのだろう。神官修行をしてこんなによかったと思ったことはない。

いや、リヒトでなくとも、神職の人間でなくともよかったのかも知れない。世界中の人間に敵視される中で、誰かが彼を認めてくれれば。

そんな小さなことでこんなに喜ぶ彼に、切なさが湧き上がる。なんて愛おしい存在。

そしてそれをしたのが自分だったということが、とても嬉しい。自分はこれからも、全力でエンデの生を肯定する。

「リヒト……」

切ない声で名を呼ばれ、胸が騒いでどうにかなりそうだ。あんなに強いのに、守ってやりたくなる。

もっと色々な彼を知りたい思いがこみ上げる。笑った顔も、安心した顔も、寝顔も。アンリエッテも知らない、情熱的な顔も――――。

リヒトの薄い衣服を通してエンデのブロンズ色の肌の温度が伝わってきて、たまらなく彼の特別になりたくなった。

エンデの両頬を手のひらで包み、間近で瞳を覗き込む。

「なあ……、あんたのこと欲しい……」

エンデはわずかに戸惑った色を瞳に乗せる。

「それは、魔物を狩る戦力として欲しいという意味か？」

ああ、そうか。エンデにははっきり言わないとわからないのだった。好きだと言っているのに、対話に慣れない彼に伝わらないもどかしさも愛おしい。

厚すぎず薄すぎず、ふっくらとした温かい唇にキスをした。

「こういう意味で欲しい……って、これもわかりにくい？　恋愛。わかるかな。家族じゃなくて、恋したいって言ってるんだけど」

言いながら、自分の瞳が熱っぽく潤んでいくのがわかる。欲情している、と自覚したら、脚の間の器官が露骨に疼き出した。恋情と肉欲が直結するのは、若いんだから仕方ない。ひどい怪我をして寝ていた人を相手になにかするつもりはないけれど、気持ちを通わせられれば。

頬を手で包んだまま、親指でそっと文様を撫でる。アイスブルーの瞳がかすかに細まった。

エンデもリヒトの頬を撫でる。

互いに頬を包んでいるのが愛情を交わし合っているように思えて、心が甘く満たされていく。意識していなければわからないほどの力で引き寄せられ、唇を食んだ。

「好きだよ、エンデ……」

角度を変えて、小鳥のように何度も唇を啄む。

「リヒト……」

キスの合間に名前を呼ばれるだけで、胸いっぱいに愛情が溢れてくる。

知らなかった。名前を呼び合うだけでこんなに嬉しくて、愛しさが増すなんて。

やがてどちらからともなく唇を開き、舌同士が触れる。

(甘い……)

精気のやり取りをしなくても、交わす吐息や滑らかな舌の感触が甘くて心地いい。舌先にエンデの牙がかするたびに野性的な官能に煽られて興奮が増してしまう。

「……ぁ、エンデ……、ごめ……、これ以上すると、我慢できなくなりそう……」

自分でも困惑するくらい男性器が張りつめてしまっている。

めちゃくちゃにエンデに触りたい。服の下に隠れている部分も、自分と同じ反応をしているのか確かめたい。

　でもだめだ。怪我人に無理はさせられない。

　エンデは親指でリヒトの濡れた下唇を横に引くように撫でる。切れ長の目が、切なげな色を帯びてリヒトを見つめる。

「おまえを手に入れたら、俺はきっとおまえに執着する。そうなったら、自分でもなにをするかわからない。おまえは俺に怯えるようになるかもしれない。だから……」

　やめておいた方がいい、と呟いて体を離そうとするエンデの手を、力強く握った。なぜここまで来て引こうとするのだ。

「ちょっと待てよ。勝手に未来決めんな。どんな関係だって、築いてみなきゃわかんないだろ。勝負する前から逃げ出すみたいなことすんなよ」

　未来なんて誰にもわからない。上手くいくかもしれないし、そうじゃないかもしれない。

　心や立場が変わるかもなんて、どんな人間だって同じことだ。エンデと自分が避ける理由になんかならない。

「おれはあんたが好きだし、欲しいと思ってる。あんたも同じなら、それでよくないか？　今！　好きなんだよ！　おれが、エンデを！」

　なんだかめちゃくちゃに口説いている気がする。神殿にいたときも誘われたり告白されたりすることはあったが、そんな気にはならなかったのに。好きになるとこんなに激しく欲するようになるのかと自分でも驚く。

「今そう思っていても、いずれそうでなくなるかもしれない」

「それさ、おれがエンデに同じ不安持ってないって思うわけ？」

エンデは虚を突かれた顔をした。

まっすぐにエンデの目を見ながら、握った手を自分に引き寄せる。

「なんか、おれのこと神聖視してない？　同じ不安抱えてるよ、同じ人間だもん。人間てそういうもんだろ。不変のものなんてないから、みんな相手に愛される努力も愛する努力もしてる」

夫婦だって、友達だって、家族だって、師弟関係だって。

こいつに飽きられるかもしれない、失望されるかもしれない。そんなこと、自分だって思う。

「未来は自分たちで作るもんだ。だから努力する。ほんの一歩、踏み出す勇気を持てよ。逃げてばかりじゃなにも手に入らない。あんたはおれのこと、欲しくない？　正直に言え」

嘘もごまかしも許さない口調で、瞳を覗き込んだ。

エンデは数秒リヒトの目を見つめたあと――――噛みつくように、キスをした。

「つっ……、ぁ……！」

気づけばベッドに背中を押しつけられ、上から見下ろされていた。炎のような熱を持った青い瞳が、情欲に揺らめいている。

「……欲しい」

初めて見るエンデの表情に、鼓動が乱れる。こんな熱っぽい顔をするのか。

エンデの手がリヒトのシャツの裾をめくり、腹に触れる。肌を撫でながら上に昇ってくる手のひらを、服の上から押さえた。

「ま、待てよ……、傷、痛むだろ？」

自分だってエンデに欲情しているけれど、傷が広がらないか心配だ。今日は気持ちを確かめられればいいと思っていたから、そこまでするつもりはなかった。

「充分回復している。起き上がれるようになれば、俺は傷が治るのが早い」

あれだけの怪我で、にわかには信じられない。

「見せて」

そっとガーゼを剝がすと、小さな傷はもう消えていた。肉をえぐられたような嚙み傷も、新しい皮膚が再生して傷が塞がりかけている。

「すごい……」

これなら死なない限り回復呪文は必要ないだろう。魔物とのミックスに、こんな体質があるなんて。

「……気味が悪いか？」

「ううん、うらやましい。あ、じゃあおれの精気必要なかったな」

エンデは真摯な目で、リヒトを見た。

「おまえが俺を癒してくれた。あの温かい精気がなければ、目覚めなかったかもしれない。おまえが初めてだ、俺のためにそんなことをしてくれたのは……」

感極まったように言葉に詰まり、見つめながらリヒトの手を取る。指に口づけられ、熱い視線とやわらかな感触に心臓が跳ねた。

「あ……」

そのまま指先を咥えられ、軽く噛まれて下穿きの中で陰茎がびくっと動く。

噛まれた場所からじんとした快感が滑り落ち、下肢に熱が集まった。指を食むために唇を開いた表情が色っぽくてくらくらする。

白い歯の間から覗く赤い舌が、リヒトの爪の先から指の間をつとなぞった。

「ふっ……」

視覚で、触覚で、欲望を煽られる。全身に血が巡って心臓がどくどくと鳴った。

見つめ合うエンデの瞳に搦め捕られていく気がする。エンデの全身から目には見えないねっとりとした蜜のようなものが流れ出て、体を包み込まれる感覚がひどく甘い。頭の中が熱く曇って、肌がぴりぴりとむず痒く痺れて――。

「っ、エンデ……、なんか魔術使ってるだろ……っ」

「なにも……？」

そんな馬鹿な。媚薬を飲んだことも淫楽の魔術を試したこともないけれど、明らかに肌の感度が違う。

もしかして、エンデは無意識に官能の魔術を使うのか。もしやこいつの父親は夢魔か淫魔？

「い、今まで……、他の人間と、抱き合ったことある……？」

「気持ちを通わせたことも、こんなふうに触れたこともない」

この状態が彼の常態なのかと思ってとっさに口をついた質問だったが、これまで人間と深く関わったことはないのだった。彼が襲ったのでない限り。

そして、エンデはそんなことをしないと信じている。こいつと人肌を分け合うのは自分だけなんだと思うと、震えるような喜びと優越感が湧き上がった。

自分にとっても初めての経験だ。誰ともしたことのない行為を、エンデと共有したい。

エンデの手にシャツを首までたくし上げられ、薄紅に色づいた胸の先端が空気に触れる。エンデの視線に晒されたと思うだけで、そこがぴんと硬く勃ち上がったのがわかった。

触れて欲しいとねだっているようで、いたたまれない気持ちになる。自然に女性の役回りになってしまっているのは、自分としては不本意なのだが。

（どっちしたいって言ったら、やっぱエンデも抱く方だよな……）

性別的に、自然な衝動だ。自分だってどっちがいいかと聞かれたら挿れたいと答える。他の寮生から誘われたときだって、自分が抱かれる側に回る想像はしたことがなかった。

でも自分がエンデを口説いたんだから、譲る。なによりエンデがしたいと思うことをさせてやりたい。

エンデが舌の腹で胸芽をそっと撫でる。

「ひ……」

それだけで、じゅん……、と下腹が濡れたような気になるほど、めちゃくちゃに感じた。

リヒトの反応に煽られたのか、舌の動きが大胆になる。

粒の周りを舌先で丁寧になぞり、先端を潰すようにこねる。温かい唾液で濡らされた突起に熱い息がかかり、それだけで達してしまいそうだ。

「あ……、あ、……は、ぁ…………、っ」

声を抑えられず勝手に漏れてしまう。

自慰をするときだって最後にくぐもった息を漏らすだけなのに、人にされるとこんなに耐性がない。自身の声とエンデに触れられている事実に興奮が増す。

「エンデ……」

小さな粒から甘い蜜でも出ているように、唇で覆ってじゅっと吸い上げられた。

「あ……っ、ちょ……、下、脱いでいい……？　きつい……」

頭の中がとろとろに蕩けそうだ。

ありえないほど陰茎がぱんぱんに膨らんで、布を押し上げている。

ズボンに手をかけたとき、上から見下ろされながら服を脱ぐ動作に、男に組み敷かれていることを強烈に意識した。

着替えや風呂で寮生たちと全裸になることはあっても、勃起した状態を見られたことはない。性的な視線に晒される羞恥は、ますますリヒトの興奮を昂(たかぶ)らせる。

「……あんまじろじろ見るなよ」

「なぜ？　とてもきれいだ」

きっとエンデは自分の懐に入れた人間は全肯定なのだろうと思うと、くすぐったい喜びに包まれる。

「あんたも脱いで」

エンデがリヒトを跨(また)いだ膝立ちのままズボンの前を寛(くつろ)げると、大ぶりの雄が姿を現してごくりと息を呑(の)む。

(でか……)

片脚ずつ脱ぎ捨てれば、隆々と天を衝く男の象徴を持った理想的な体軀(たいく)が現れた。まだ半身に傷跡が残るものの、男なら憧れずにはいられないその美しさを損なうものではない。

自分は見るなと言ったくせに、つい視線はエンデの男性に釘(くぎ)づけになってしまう。リヒトを欲してどくどくと脈打つ器官を、愛おしいと思った。

「触っていい？」

片肘をついて上体を起こし、片手でエンデの雄に手を添えた。すごく熱い。

ゆっくりと上下に手を動かせば、リヒトの頭上でエンデが息を詰める気配があった。

(感じてるんだ……)

自分の動きに悦んでいる。エンデが。

ちょっと驚くほど嬉しくなった。

エンデがリヒトの頬を撫で、身を屈めて髪にキスをする。やわらかい感触が唇にも欲しくなって、顔を上げてキスを求めた。

「ん……」

手淫しながら舌を絡めるのがいやらしくて興奮する。指にエンデのぬるついた体液を感じて、肉棒の先端の小孔に親指を滑らせた。

「……っ、リヒト……」

びく、とリヒトの口内でエンデの舌が跳ね、熱い吐息が唇から零れる。

(やばい、めちゃくちゃ嬉しい)

もっともっと感じてほしい。リヒトが彼を悦ばせたいと思っていることを伝えたい。

そう思ったら、エンデの男根を口に含むことも抵抗がなかった。

「リヒト……、そこまでしなくていい……」

「おれがしたいんだよ」

遠慮がちに腰を引こうとするエンデの雄茎をつかみ、唇を寄せた。実際にはほとんど匂いなんかないのに、脳髄が痺れるような誘惑香が漂っているようだ。

ずっしりと太った先端の膨らみを舌に乗せると、潮のような味わいが広がる。官能的な味に心が蕩けて、頭の中でなにかが弾け飛んだ。

「ふ……、っ、エンデ……」

茎を手で扱きながらたっぷりと舌で濡らし、豊かな質量を持つ双嚢を順に含んで口内で転がす。エンデの白銀の下生えが鼻をくすぐり、雄の匂いにうっとりしながら夢中でエンデの男根に奉仕した。

エンデから快感の息遣いが聞こえるたび、喜びで満たされる。自分が男のものを進んで咥えることがあるなんて、夢にも思わなかったのに。

エンデの匂いを吸い込むうちに、体液を呑み込むうちに、体がむずむずとして勝手に腰が揺らめいてくる。腰奥に生まれた熱が疼いて、たちまちリヒトを包み込んだ。

臍まで反り返った陰茎や唾液で濡らされた乳首が、空気に触れているだけでちくちくするほど敏感になっている。エンデに触れているだけなのに、自身の雄の先端から溢れ出た快楽のしずくがとろりと茎を伝う。あえかな刺激に眉を寄せた。

「……う……、く、ん………」

体奥がぐつぐつと煮えるように滾っている。そこをえぐられたくて、まだ刺激を知らないはって――――。

ずの柔襞がひくひくと蠢く。頭の中が熱く曇って、エンデに貫かれることしか考えられなくな

「エンデ……！」

口を突き放し、懇願の視線を向けた。目が合った瞬間、激しく唇を貪られる。

たった今エンデの雄を咥えていたばかりなのに、嫌悪感など微塵もなく。そんなところにも喜びを感じて、身も心も全部預けたくなる。

リヒトの望みを正確に受け取ったエンデに、キスの荒々しさとは対照的にやさしい力でベッドに両手両足をつく姿勢にさせられた。

背中に唇を落とされ、快感が尾てい骨に走って腰が反る。リヒトの体の側面に沿って撫で下ろす手に、気遣いが溢れている。リヒトが嫌がっていないか、怖がっていないか。

ゆっくり確かめながら宝ものみたいに大事に触れられて、泣きたいほど胸が疼く。

「リヒト……」

名前を呼ばれるだけなのに、そこにエンデの心からの愛情が込められているのがわかって幸せな気持ちになる。

唇が背筋をたどって、下へ、下へと……。エンデの手が、リヒトの双丘を割り開いた。

「エンデ……っ、それ、いいから……！」

肉襞に唇が触れそうになり、腰を引く。さすがにそこに口をつけられるのは抵抗がある。そ

んなことをされるくらいなら、痛い方が我慢できる。

「おまえの味を知りたい」

ぐっと言葉に詰まり、拒否できなくなった。自分もエンデがしなくていいというのに、したいと言って口淫をした。

でも恥ずかしすぎる。自分でも目にしたことのない場所を間近で見られるだけでも顔から火が出そうなのに、舐められて、味わわれて、拓かれるなんて。

気が遠くなるほどの羞恥を噛みしめ、何度も呼吸を震わせ、うるさい心臓を叱咤した。

エンデのしたいことをさせると決めたのだ。人肌を知らない彼に、他人から愛されることに飢えている彼に、自分はすべてを受け入れる存在でいたい。

エンデがそうしたいと望むから――――。

「…………いいよ、エンデになら」

情けないほどか細い声になった。熱くなった顔を隠すようにシーツに額をすりつける。

舌が触れた瞬間には、悲鳴が零れた。

「ひあ……っ！」

ぬる、と滑らかな感触が襞を往復し、えも言われぬ快感を連れてくる。ただでさえ刺激を欲しがっていたそこは、簡単に口を開いた。

「い……、ぁ……、うそ、だ……、あ、あ、あ、あぁぁ…………」

信じられないくらい、気持ちいい。

舌先でくじられれば、未知の快感がぞくぞくと背筋を駆け上がった。襞がほころんで、エンデの舌を受け入れたがる。自分で男性器に触れるのとはまったく違う、教えられることで知る初めての快楽に逆らいようがない。

「んぁ……、ああ……、きも、ち、いい……」

味わわれている、と思うだけで脳が沸騰した。

やわらかい肉の環を、エンデの長い指が抽挿する。内側の敏感な膨らみをかすめれば、目の奥に火花が弾けるような快楽に啼き声が零れた。

「あ……！　エンデ……、エンデ、いい……っ」

媚薬を塗り込められているようによくて、よくて、エンデのことしか考えられなくなる。

やはり夢魔か淫魔の血が入っているのかもしれない。でなきゃこんな快感に説明がつかない。

もしそうなら、エンデが男性だから、まぐわう相手は自然と彼を受け入れやすい体になる。生まれついての魔力で快感を増幅させ、柔軟に受け入れられるように。体液に媚薬成分が混じっている可能性もある。だから最初からこんなに気持ちいい。

ああ、でも、エンデが夢魔でも淫魔でも、人間を虜にするもっと高位の悪魔でも構わない。それがエンデなら、ぜんぜん嫌じゃない。彼の魔物の部分も全部愛おしい。早くエンデのすべてを体の奥で受け止めたい。

「ほし……い、エンデ……！」

切羽詰まった懇願の声に、リヒトの淫道を拡(ひろ)げていた指が引き抜かれる。いつの間にか複数の指を呑み込まされていたことに、抜かれてから気づいた。

肉襞を熱い雄の先端で往復され、淫らな水音が立つ。ゆっくりと腰を押し進められれば、怖いくらい奥まで挿入(はい)ってくる。鉄の棒みたいに硬いのに、温石のように熱い。

「リヒト……、辛くないか……？」

背中に覆い被さってきたエンデが、首筋やうなじを唇で愛撫(あいぶ)しながら尋ねる。

辛いと言えば、熟しきった淫道をただ埋められていることが辛い。こすり上げて、腸壁の奥を突いて、熱い飛沫(しぶき)を浴びせかけて欲しい――――！

「エン、デ、はやく……っ」

ぐっ……、とリヒトの中でエンデの雄がさらにひと回り大きくなったと思うと、激しい律動に呑み込まれた。

「あああああああぁ……っ！」

脳天まで突き通りそうな快感が、荒波のように襲ってくる。きつくシーツをつかんだリヒトの左手を、エンデが包み込んだ。反対の手が、リヒトの雄を握り込む。

「ああっ、あ、エンデ、……っ、エンデ、あ……、あああっっっ……！」

打ちつけられる腰に合わせた手の動きが、頭の中が真っ白になるほどの快感を連れてくる。

もう射精しているのかもしれない。わからない。快感が強すぎて、なにも考えられない。

　エンデの手は、なんて気持ちいい……！

「リヒト……、おまえの中は、温かい……」

　荒い息遣いの合間に、エンデが囁く声が聞こえる。彼に温もりを与えられているのだと思ったら、幸せではち切れそうになった。

　シーツを濡らす涙は、快感からか幸福からか。ほとんど泣き声で、それでも恋情を伝えたくて。

「…………き、……すき、だ、……エンデ……、ひあぅっ！」

　ずん！　と一層太くなった剛棒が腰奥をえぐり抜く。意識が飛びかけるほどの快楽の嵐の中で、体の奥深くに熱が広がった瞬間、耳朶にエンデの熱い息がかかった。

「好きだ、リヒト……」


　気づけば、ぼんやりと天井を眺めていた。

「大丈夫か？」

　上から覗き込んだエンデが、労わるように指の背でそっとリヒトの頬を撫でる。

「あ……、うん……、ごめん、なんかぼーっとしてた……」

激しく摩擦された後孔から腹の中がじんじんと熱くて、全身を包む倦怠感に身を任せていると心地いい。どうやら最後に少々意識を飛ばしたらしい。

「体が辛いだろう。もう嫌になったか？」

不安げに見下ろすエンデが愛しい。最初から感じまくって、好きものと思われたら恥ずかしいけれど。

「正直に言っていいか？」

「ああ」

エンデが審判を受けるような顔つきをしているから、つい笑ってしまった。

「めっちゃくちゃ、よかった！　何回でもしたいくらい」

リヒトの言葉に、エンデの口もとにかすかな笑みが広がった。

初めて嬉しそうな笑顔を見て、驚くほど胸が高鳴る。まるで、凍てついた氷の大地に花が咲き乱れたようだった。思わず起き上がる。

「エンデ……、すごい……、なんか、なんて言っていいかわかんないけど……。エンデの笑った顔、すごい好き」

エンデは戸惑った表情をし、すぐに笑みを消してしまう。残念だけれど、笑えと強要できるものでもないし、したくない。

代わりにぎゅっと抱きしめて、甘えるように肩に額を乗せた。

「あったかい」

「ああ……、温かいな」

エンデの体液を体内に受けたことで、彼の魔力がリヒトの身の内を巡っているのを感じる。

おかげで精気を分けてもらわずとも、体力は充実している。

受け入れた部分に残る痛みも、精霊を呼ばずとも自己回復できそうだ。

でももう少し、エンデとつながった余韻を感じていたい。夜の外出までには治すから、あと少しだけ。


翌朝のエンデの行動は、とてもわかりやすかった。

「リヒト、これも食べろ」

エンデがゆで卵をリヒトの皿に載せる。

「え、いいよ。エンデの好物じゃん」

今朝は卵がひとつしかなかったから、エンデの皿に載せたのに。

「リヒト、飲みもののグラスが空だ。水を……、いや、果物を搾ってきてやろう」

席を立ち、キッチンに行ってしまう。

エンデを見送っていると、アンリエッテが頬杖をついてじっとリヒトを見ていた。視線にどきりとする。

「常々あの子はわかりやすいと思ってたけど、なんか想像以上だったわ」

あからさまにリヒトに親切で、やたら甲斐甲斐(かいがい)しく世話をしようとする。食べものを贈る姿はまるで求愛中の野生動物だ。いや、むしろ母鳥に懐いている雛(ひな)のようというべきか。

「リヒトリヒトって、昨日まで興味ないふりして名前も呼ばなかったのに」

「本当にな……」

さすがに二人が特別な関係になったのは気づかれているだろうと思うと気恥ずかしい。

「でもエンデがリヒトを好きだってわかってたから、あたしは嬉しいわ。リヒトは遊びでエンデの心を弄(もてあそ)ぶような人じゃないもの」

ああ、やっぱりバレている。

「あたしは恋愛って縁がなかったから、助言も協力もできなくてごめんなさいね。でも姉目線で恐縮だけど、あの子よく知るととっても可愛いのよ」

「知ってる」

エンデに対するアンリエッテと自分の共通認識が「可愛い」ということに、二人で目を見交わして笑い合った。

エンデは、可愛い。

＊

切り立った崖の中腹に張り出した岩棚に、巨大鷲（わし）が巣をかけている。巣の中には、大人がかくれんぼできそうな大きさの卵が二つ。

卵は今にも内側から突き破られんばかりにガタガタと動いている。

その卵からできるだけ離れるようにして、二人の幼い兄妹が抱き合って震えていた。兄はまだ八歳か九歳か、妹はさらに二つばかり下だろうか。

「おにいちゃぁん……」

「大丈夫……、大丈夫だからな……」

泣きじゃくる妹を必死で抱きしめる兄も、真っ青な顔をして涙を滲ませている。

その様子を、少し離れた張り出しから母鷲が眺めていた。今日にも孵（かえ）る雛たちのため、母鷲が餌として人間の子を攫ってきたのだ。

子どもの肉はやわらかい。生まれたての雛に突っつかせるにはちょうどいい。

兄はごうごうと風の吹きすさぶ巣の向こう側にちらりと目をやった。

崖下から噴き上がる風が恐ろしい音を立てて、地獄から鳴り響いているようだった。絶望的な高さに体がすくみ、とても飛び降りて逃げるなんてできない。

あの卵が孵ったら、自分たちは――――。

必ず来る恐ろしい未来に、失禁しそうになる。石も木の枝一本の武器もなく、逃げ場のない巣の中でどれほど抵抗できるだろう。

ぴし……っ、と殻にひびが入った。

子どもたちが息を呑む。

ひびの線が広がったと思うと殻に一ヵ所穴が開き……あとはあっという間だった。穴から嘴(くちばし)が、頭が現れ、殻を振り落とすようにして濡れた毛羽を持つ雛が転がり出る。

「ひっ……！」

二羽の雛は首を左右に振ったかと思うと、子どもたちを見つけてぎらぎらした目を向けた。

母鷲が高い声で雛をけしかける。

狩りの本能が発達した巨大鷲は、生まれた瞬間から自分で餌を啄む。よたよたと覚束(おぼつか)ない足取りで獲物に向かう姿は、まるで生ける屍(しかばね)のようだ。

「く、来るなっ、来るなぁ……っ！」

兄は妹の前に立ち、決死の形相で両手をぶんぶんと振り回す。子どもの動きに闘争本能を煽られたのか、雛は「グエッ！」と短い叫びを上げると、嘴を開いて兄に襲いかかった。

一羽の雛が兄の腕を咥え、もう一羽が足をすくう。体をひっくり返されるようにして、兄は巣の中に倒れ込んだ。目を狙う雛の嘴を避けて、兄が体を丸める。

「おにいちゃん！」

妹の叫び声に反応した一羽が、ばたばたと小さな翼を広げてそちらに向き直る。雛に目をつけられた妹は、恐怖で体を硬直させた。

襲いかかる鋭い嘴に妹が思わず頭を抱えてしゃがみ込む。

「ギャボ……ッ！」

頭の上で、鈍い叫び声がした。

え、と思う暇もなく、母鷲の甲高い叫びが鼓膜を貫く。

「危ない！」

男性の声が聞こえたかと思うと、妹の体はふわりと抱き上げられた。鼻の先ぎりぎりを、大きな翼がすごい風を起こしてかすめていった。

「大丈夫？」

目を開ければ、黒髪の青年が妹と兄を抱えて巣の端に降ろすところだった。雛たちは倒れ、すでに動かなくなっている。青年は二人を背に庇い、懐剣を手に持った。

「エンデ、こっちは無事だ！」

見れば、黄銅の肌に白銀の髪を持った魔人が、巨大鷲と対峙(たいじ)している。魔人が両手を伸ばした先で、巨大鷲はまるで蜘蛛の巣にでもかかったように、脚をばたばたさせて翼を広げたまま空中に縫い留められていた。

魔人が青年を振り向く。

「リヒト!」

青年はうなずき、巨大鷲に向かって走り出す。地を蹴って信じられない跳躍力で巨大鷲の頭付近まで跳び上がり、懐剣にも拘(かかわ)らず鷲の胸を深々と斜めに斬り裂いた。

巨大鷲は数秒痙攣(けいれん)したかと思うと、ゆっくりと崖下に向かって落ちていった。

青年は汚れた懐剣を巣の中に置き、兄妹の方に歩いてくる。

「怪我はない?」

やさしくほほ笑む青年に恐怖のたがが弛み、兄妹は一斉に泣き声を上げて青年にしがみついた。

「怖かったね。もう大丈夫だよ」

青年はしゃがんで二人を抱き寄せ、温かい手で背中を撫でる。

「ありがとう、お兄ちゃん! ありがと……っ、う、えっく……」

「ありがろぉ……、うぇぇぇ……」

口々に礼を言う兄妹をぎゅっと抱きしめた青年は、肩越しに後ろを振り返った。

「おれはほとんどついてきただけ。きみたちが攫われるのに気づいたのも、崖を昇ってこられたのもあの人のおかげ。お礼なら、あの人に言ってあげてもらえるかな」

兄妹が泣き濡れた目を上げると、魔人はすっと視線を下に向けた。子どもを怯えさせてはいけないとでもいうように。

兄は魔人の姿に怯えて青年に縋りつく。青年は安心させるようにほほ笑んだ。

「大丈夫。この人は魔物に見えるけど、人間だから。怖い人じゃないよ」

兄よりものを知らない妹は、見た目が常人と違うので怖いという感覚はあっても、そもそも魔人という知識はないようだ。もじもじしながら小さな声で言った。

「ありがとぉ、おじちゃん……」

魔人はびくりと体を揺らす。気まずげに口を引き結んで目線をうろつかせた。

妹は聞こえていないと思ったのか、子ども特有の高く大きな声で繰り返した。

「おじちゃん、ありがとう！」

魔人は困ったような顔で、「いや……」とだけ呟く。妹を見ていた兄が、青年の陰から怖々顔を出した。

「ありがとう……」

消え入りそうな声で言われた礼に魔人はうつむき、しばらくしてやっともう一度、

「いや……」

とだけ返した。

＊

兄妹を村が見える位置まで送り届け、リヒトは自分の背後に立つエンデを振り向いた。

「よかったな、助けが間に合って。ていうか、魔物以外も退治したりすんだな」

「ああ、人間を餌にする害獣は魔物でなくとも……」

エンデはぼんやりとした表情で胸を手で押さえたまま、兄妹の後ろ姿を見送っている。心ここにあらずといった感じだ。

「どうした？　どっか怪我したのか？」

見た目では怪我はないが、どこかぶつけたり魔術を使った影響で心臓が痛んだりしているのかもしれない。

「エンデ？」

顔を覗き込むと、エンデはきゅっと目を細めた。

「礼を言われた……。子どもに……。初めて……」

そうか。これまで誰かを助けても、怯えられるばかりで礼を言われたことなどなかったのだ。

幼い頃のリヒトもそうだった。きっと大人でもエンデの姿を見たら恐怖が先に立って、礼を言うより逃げ出すか硬直するばかりだったに違いない。

「おまえのおかげだ」

「違うよ、エンデが助けたからじゃん」

自分はあとをついて行って、エンデが魔術で動きを止めた巨大鷲を斬っただけだ。身体能力を上げるより、巨大鷲を空中に縫い留める方が数倍魔力を使う。リヒトではできない。

「いや。おまえがいたから、あの子たちも俺に怯えず礼を言ってくれた」

兄はめちゃくちゃ怯えていた気はするが、リヒトが緩衝材になっていたのは確かだ。崖を降りるにも兄をエンデが、妹をリヒトが抱いたが、それも自分がいなければ彼一人ではどうなっていたか。おそらく兄妹は怯えてしまって、抱くことなどできなかっただろう。

自分の存在が、そんなふうにエンデを助けられたのなら嬉しい。これからも彼が誤解されないよう、人間に受け入れられるよう橋渡しができたら。

深い感謝の目を向けられて、ちょっと気恥ずかしくなってわざと明るい口調で話題を変えた。

「エンデ、おじちゃんって呼ばれてたな。おれはお兄ちゃんだったけど」

自分がエンデと並べば、身長も高く体格もいい彼に比べて若年感が増すだろう。という意味で言ったのだが。

「別に間違いはない。俺は百を超えているし」

「え……」

そういえば、リヒトが子どもの頃も同じ見た目だった。エンデの外見は二十代半ばから後半くらい、どう見ても三十を超えているようには見えない。

「えええええ！　ひゃくっ⁉　エンデ寿命どれくらいなんだ⁉」

確かに高位の魔物は長寿だと聞いてはいるが。その辺りは魔物の血を引いたのか。

「さあ……、ただ死んでないから生きているだけだ。他に同種族に会ったことがあるわけでなし、寿命は知らない」

それはそうかもしれない。

しかしそれだけ長い間人間に誤解され寂しい生活を送ってきたかと思うと、胸が痛む。もっともっとエンデの本当の姿をみんなに知って欲しい。

「これからもさ、おれが側にいるから。最初は怖がられるかもしれないけど、慣れたらみんないっぱいお礼言ってくれるって」

な、と笑いかけると突然エンデにきつく抱きしめられ、よろけそうになる。顎を取られ、深く口づけられた。

「ん、ん……っ」

エンデの興奮の度合いを伝えるような激しい口づけの合間に、輝かんばかりの精気が流れ込んでくる。ほとんど空っぽだった体力がぐんぐん補充されて、体が軽くなっていく。

朝食のあとに窓の外を眺めていたエンデが、巨大鷲が子どもたちをつかんで飛んでいくのを目撃した。飛び出したエンデと一緒に鷲を追って崖まで走った。エンデの後をついて崖を駆け上がるように昇り、間一髪で子どもたちを助け出したのだ。

体力切れなどに構っている暇はなかったから、かなり無茶をしたと思う。

(エンデ、喜んでる……)

喜びに満ち溢れた精気がそれを物語っている。

たっぷり精気を与えられ、名残惜しく唇を離した。離れる瞬間にまぶたを上げれば視線が絡んで、ふと甘い空気が漂う。その瞬間が甘酸っぱくて、思わずはにかむように笑った。

「ありがと。めちゃくちゃ回復した」

どんなに疲弊していても、精気を分けられれば驚くほど体が楽になる。

エンデは日差しが強くなってきた空をまぶしげに見上げた。彼は今朝から少し落ち着かなげだ。

「今夜はおまえは外に出るな」

「なんでだよ、今夜満月だろ。今日みたいな日にこそ魔物狩りに出るべきだ」

満月の夜、特に魔物は活発になる。普段は人間の密集する場所を避けがちな魔物たちも、そのときばかりは興奮して近寄ってきやすい。だからエンデは満月には人の多い町に行く。

「今宵(こよい)の月は特別に大きい。一年でもっとも月の力の強まる夜だ。魔物たちの興奮もひとしおだろう」

「尚更(なおさら)だろうが。手は多い方がいい。危ないとか気遣ってんなら、そういうの嬉しくないから」

エンデほどの力はないが、守られる者扱いされたくない。警護隊だって町を見回っているというのに。

エンデはリヒトを見つめ、一度視線を逸らし、また戻した。奥歯を噛むような表情をしてから、口を開く。

「……俺の醜い姿を、おまえに見られたくない」

脳裏に、満月に見たエンデの姿が浮かんだ。

赤い瞳と黒く長い爪、振り乱された白銀の髪。満月を背に、魔物の体液を全身に浴びたその姿は、子どもの自分には悪鬼のように見えた。

家族の最期と直結しているその光景は、リヒトに痛みをもたらすけれど。

エンデの髪をひと束、すくって笑いかける。

「なに言ってんだよ。エンデはちゃんと理性保ってたろ。醜いなんて思ってないから。ほんと言うと、きれいだと思った。あの頃は憎くて悔しくて認めたくなかったけど」

思い出すだけで怒りと悲しみに胸をえぐられていたあの姿に、今は痛みと感謝が絡み合った切ない気持ちが湧き上がる。記憶は痛みを呼び起こすけれど、エンデの真実を知った今では感謝の方が強い。

エンデのおかげで自分は生きている。力を持つという目標も得られた。

「おれは好きだよ、満月のエンデの姿も」

エンデは辛そうに目を細め、髪をすくったリヒトの指を取って口づけた。指先に感じる温かくやわらかい感触にどきりとする。

唇を指先に当てたまま、ためらいがちに口を開く。

「……見た目だけの問題ではない。言ったろう、特別な満月だ。俺自身も興奮が抑えられるかわからない。感情が爆発的に増幅して、おまえを………、おまえに……、野蛮なことをするかもしれない……」

エンデはまぶたを閉じてわずかにうつむくと、罪を吐露するように声を絞り出した。

「母を乱暴した魔物と同じことをしたくない……」

エンデの〝傷〟が見えた気がした。彼が魔物を厭い、憎む理由が。

悲しくて、腹が立つ。魔物の父が犯した罪を、彼が気にする理由なんかひとつもない。エンデが自分の性質に怯えているなら、全部自分が塗り替えたい。

ばちん！　と音が鳴るほどの勢いでエンデの頬を両手で挟んだ。

エンデが驚いて目を丸くする。ニッと笑ってそのまま頬をぐりぐりした。

「それって、自分を制御できないほどおれのこと好きってことだろ。そーかそーか、そんなにおれのこと好きか、可愛い奴。なんだよ、嬉しいなー。怖がんなくていいぜ、おれもエンデ好きだから。ま、でも、魔物狩りしたいときに動けなくされたら、それは怒るかも」

頬を押さえたまま、額をこつんと合わせて至近距離で瞳を覗き込む。

「好きだよ、エンデ。もしあんたが暴走したとしても、それはおれが愛されただけ。でも望まない時と形じゃお互い不幸になるだけだから、もう満腹だから今夜はいいやってくらい抱き合っとこうか」

月が昇るまでにはまだまだ時間がある。魔物狩りに出る前に、昼じゅう使ってお互いをたっぷり吸収しておこう。

5

満月の光が、眩しいほど目を射す。まるで月光が体内で躍っているような、奇妙な高揚感に包まれている。やたらに体が軽くて、勝手に飛び跳ねてしまいそうだ。

隣に立つエンデに目をやれば、ついさっきまで濃厚に体を繋げていたにも拘らず、再び強い性欲が盛り上がって触れたくてたまらなくなった。

「なにこれ……」

妙に高揚した気分と昂っている体に気味悪さを覚えて、両手で自分の腕をこすった。

「俺の……、魔物の体液を取り込んだから、少なからず毒されているんだろう。満月は魔物の繁殖の日でもある」

魔物が満月の夜にまぐわうというのは聞いたことがある。半魔のエンデの体液を少しばかり受けた自分ですらこんなに昂るのだから、魔物はいかばかりか。身をもって体験するなんて不思議な気持ちになる。

「そっか。やっぱ気をつけといて正解だったな」

初めて抱き合ったときは、エンデはリヒトの中に吐精した。今日は子どもたちを助けてから館に帰って、宣言通り「もう今夜はいいや」というくらい熱を交わしたが、エンデはすべてリヒトの体外に精を放った。それでも汗や唾液など、少量は体に入る。

『魔物と血肉、体液を一度に多量に授受してはいけない』というのは魔術師の鉄則である。

白魔術師は精霊や妖精を、黒魔術師は魔物を使役する。報酬として与えるのは彼らが共通して好む貴金属や、術師の体の一部が一般的だ。

精霊や妖精は主に気に入りの術師の〝かけら〟を収集するのが好きだから。魔力の匂いや、術者と関係を築くのを楽しんだりする。報酬も髪や爪の先など、ささやかなものが多い。強力な精霊には両方渡したりもするが。

だが魔物は違う。黒魔術師の中には、魔物を使役する代価に性交するものもいるという。術師の〝かけら〟は魔物の餌になる。強力な術師を食えば食うほど魔物の力は強くなる。そして与えすぎれば、体や精神を乗っ取られてしまう。

逆に、魔物の体の一部を自分に取り込むことも注意せねばならない。魔力を持つもの同士は、互いに影響し合うから。力の差がありすぎれば、弱い者は強い者に支配される。

現に今、リヒトはエンデの影響を受けている。血や精液は、髪や爪より魔力を豊富に含む。少量ならエンデの強力な魔力の恩恵に与れても、短期間に多量に取り込めば魔物化してしまう可能性がある。

しかし自分でさえこんなふうに欲求が高まるのに、エンデが己を抑え込む精神力をすごいと思う。かなり緊張感を持ってピリピリしているらしいことは、全身に纏う空気から明白だが。欲求を爆発させないために、リヒトとも極力目を合わせないようにしている。

満月の力を身に受けて、いつもより魔物らしさが増した姿は野性的だ。久しぶりに見る赤い瞳にぞくぞくするような魅力を感じるのは、自分がエンデに恋をしたからか、彼の魔力を取り込んだからか。

相変わらず、満月のエンデの魔力は目が眩むほどだ。エンデの増幅した魔力に呼応するように、リヒトの体にも魔力が溢れている。熱を交わしただけでこんなにも魔力が充実するのかと思ったら、強力な術師や魔物と契約したがる気持ちがわかる気がした。

「さあ、町へ向かうぞ」

エンデに促され、町に向かって走り出した。

森のあちこちで、魔物たちの愛し合う気配がある。高揚した魔物の笑い声も聞こえる。人間に害がないなら放っておくが。

ひと月ぶりに見る町は、やはり無人のように静まり返っていた。音のない世界で、戸や窓の隙間からもれる灯りが逆に無機質に見えた。

「二手に分かれようか。エンデはいつも通り動いてくれ。おれも魔物がいそうなところを回る」

二人で一緒に行動するのは非効率だ。

エンデは自分の首に下げていた呼子笛を外すと、リヒトの首にかけた。

「もし俺の助けが必要なら、それを吹け。普通の人間の耳には聞こえないが、俺には聞こえる」

「おれのために持ってきてくれたんだ？」

なんで呼子笛をぶら下げているのだろうと思っていた。以前のリヒトならそんなものいらないと突っぱねたろうが、今はエンデの気遣いをありがたく感じる。自分がまだ魔術師として弱い存在であることを自覚できたのも、エンデのおかげだ。

「ありがと。エンデも気をつけて」

そう言うと、リヒトは軽い足取りで駆け出した。魔物の気配を逃すまいと神経を張りつめ、家の中にも耳を澄ます。

本当は魔力を使って屋根の上から見回りたい衝動に駆られるが、魔物に間違われる可能性を考えて控えるようにした。窓から見られるかもしれないし、警護隊もいる。ときおり警護隊の声や足音が聞こえるたび、不必要な詮議を避けるために彼らと顔を合わせぬよう身を潜めた。

物陰から警護隊が通り過ぎるのを待っているうち、ふと思った。

（神殿の周りの方が手薄じゃないか）

警護隊は町を地区ごとに分けて見回っているが、そのぶん神殿周囲には人がいない。もともと神殿に近寄る魔物は少ないだろうが、満月で浮き足立っていたらわからない。

魔物がいなければそれで構わない。念のため、と神殿に足を向けた。

建物の向こうに、見慣れた神殿が姿を現す。敷地の周囲をぐるりと回りながら、魔物がいないことを確認した。

月光に照らされた神殿は神々しく美しく、まだ離れて一ヵ月なのに、郷愁がリヒトの胸を打つ。八年ここで過ごしたのだ。

いつかまた神官としてここに戻ってくると心に誓ったとき、親友の顔を見たくなった。

リヒトが戻って来られる場所を作ると言ってくれたカウゼルは、元気でいるだろうか。塀を超えれば寮はすぐそこだ。この時間なら詰め所にいる人間以外はみな寝静まっているはず。

（ひと目寝顔見るだけ……）

褒められたことではないと思いつつ、神殿の塀を飛び越えた。こんなことができるようになったのも、黒魔術を覚えたおかげである。

勝手知ったる敷地の庭を、足音を忍ばせてカウゼルの部屋に小走りに近づいた。幸いカウゼルの部屋は一階にある。魔術でカーテンの端をそっとめくり、窓の外から部屋の中を覗いた。

「あれ？」

ベッドにカウゼルがいない。手洗いにでも出ているのかと思ったが、ブランケットがまったく乱れていないところを見ると、途中で起きたわけではないようだ。

（まさか、恋人ができた……？）

カウゼルがリヒトのように魔物狩りに出るとは思えないし、夜中に部屋を抜け出すなんてそれ以外考えられない。カウゼルは可愛らしい顔をしているから、恋人という噂のリヒトがいなくなった現在、その可能性は充分にある。しかし、奥手のカウゼルがそんな短期間に……。

無性に胸騒ぎがした。せめてカウゼルの姿だけでも確認したい。

窓の下に沿って移動し、話し声や人が起きている気配がないかと、ひと部屋ずつ探った。二階より上は、精霊を呼び出して見てきてもらう。精霊はエンデの匂いを纏ったリヒトを敬遠するかと思ったが、神殿の敷地内だからか召喚に応じてくれた。

しかし、正神官を含むどの部屋にもカウゼルの姿はないようだった。

一般神官の寮? いや、複数人が寝起きする部屋で逢い引きは考えづらい。さっき部屋を覗いた限りでは水差しに水も入っていたし、里帰りなどで留守にしているわけでもなさそうだ。

「カウゼル……」

胸騒ぎが強い不安に変わり、とにかくカウゼルの居場所を確かめねばと敷地内に精霊を送った。一般神官の寮、下働きの使用人が住む宿舎、中庭、詰め所、念のため用場や浴場にも。

（いない……）

神殿の敷地自体は広いが、夜間にカウゼルがいても不思議ではない場所は全部探した。あとは眠れなくて散歩か屋外で魔術の練習？

理由がわかれば、「なんだ、そうだったのか」という話かもしれない。あまり神殿敷地内に長居しても見つかってしまうかもしれないし、そもそも自分は町を守るために来たのだ。

心配だが、後日あらためて日中にカウゼルを訪ねようと決め、最後に聖池の側を通って神殿を出ようとした。池の側を通ったのは、以前カウゼルが水を操る魔法を練習していたからだ。

池の周囲に人の気配はなかったが――。

人がいないはずの方角から、かすかに神経をざらりと撫でるような気配があって振り向いた。

自身が多少齧ったせいか、それが黒魔術の気配だとわかる。

神殿の敷地内で？

「まさか……」

もし黒魔術を使う者がいるとすれば、魔物か呪術師が入り込んでいるということだ。

心臓が急にどくどくと鳴り出して、冷たい汗がどっと背中に滲んだ。そんなことあり得ない。

ここは神殿だ。

しかもあの方角は、祝祭殿。一年に一度しか使われない、神殿でもっとも神聖な場所。出入りできるのも神官長と副神官長だけである。

それでも、リヒトの中に警告音が鳴り響いている。もし神殿内に魔物が入り込んでいるなら、それこそ退治しなければ。最悪、侵入を見つかっても神官たちに応援を頼んで……。

リヒトは緊張しながら、祝祭殿に近づく。黒魔術の気配がぐっと濃くなった。祝祭殿の周りに結界を張っているらしいが、それでも隠し切れない邪悪な空気がわずかに漏れている。

祝祭殿は寮からも詰め所からも離れた中央神殿にあるから、神官がほとんど出払っている満月の夜なら誰も気づくまい。

祝祭殿に入るには中央神殿の中を通り、最奥にある扉をくぐらねばならない。扉の鍵は、神官長と副神官長のみが開ける鍵つきのケースに厳重に保管されている。だが天窓からなら中を覗くことが可能だ。

天窓は年に数回の掃除のときに梯子(はしご)をかけるだけで、外壁を登れる作りではない。以前のリヒトならお手上げだったが、身体能力を上げる魔術を覚えた今なら飛び乗ることができる。

周囲に人がいないことを確認し、できるだけ音を立てないよう祝祭殿の屋根に乗った。

多少曇った天窓から中を見下ろす。月光が射し込んで、中の様子がはっきりとわかった。

中心に祭壇を置く祝祭殿はそれほど広くない。ざっと左右に目をやると、最初に見つけたのは祭壇を前にする神官長ローマンの後ろ姿。そして祭壇には――――。

「……カウゼル⁉」

目を疑った。

祭壇の上で真っ白な細い肢体を晒(さら)して横たわるカウゼルの両脚を抱え上げ、巨(おお)きな人型の魔物が今にも犯そうとしている！

カッと目の奥が熱くなった。頭で考えるより早く、魔術で厚いガラスを粉々に割って祝祭殿に飛び込む。

「カウゼル！」

天窓を振り仰いだローマンには目もくれず、床に降り立つまでに魔物に爆発呪文を叩き込んだ。鈍い破裂音とともに、

「ゴブッ……！」

と体の内側を破裂させられた魔物の口から体液が飛び散る。カウゼルの白い体が、赤黒く汚れた。カウゼルに覆い被さるように息絶えた魔物を蹴り落とし、親友の体を揺さぶる。

「カウゼル！　カウゼル、大丈夫か⁉」

見たところ怪我はないようだが、意識を失っているのか眠らされているのか、目を開けない。

一体なにがどうなっている。

混乱し、ローマンを振り向いた。

「神官長さま、これはどういうことですかっ⁉」

ローマンの表情にぎくりとする。

孫の成長を慈しむような、いつも通りの温かい笑みを浮かべてリヒトを見ていた。場の状況とそぐわずに、リヒトの頭が理解を拒否する。

「素晴らしいよ、リヒト。短い間にずいぶん成長したようだ。期待以上だね」

「期待……？」

ローマンは笑みを深くする。

「魔物に対して少々潔癖な正義感のあるきみに、どう黒魔術を受け入れさせようというのが問題だったが、きみから黒魔術を覚えたいと言い出してくれて都合がよかった。一旦神殿を追い出せば、わたしが好きにきみを手に入れられるからね」

穏やかな口調と裏腹の内容がリヒトの中で嚙み合わず、なにも言えずにローマンを見た。

「迎えに行こうと思っていたんだよ。戻っておいで、リヒト。いい呪術師に師事しているようだが、詰め込みすぎてきみほどの才能を潰されたくない。きみはまだまだ強くなる。きみが精霊や妖精に好かれやすいのは、潜在魔力が大きいからだ。魔物もきみを欲しがって使役されたがるだろう。この祝祭殿に匿って、わたしが黒魔術を教えてあげよう」

ローマンの中に、リヒト自身が黒魔術を覚える前には気づかなかった黒い影が見える。彼はずっと陰で黒魔術に関係していたのだろうか。

「どうして……」

「誰だって力を手に入れたいものだろう？　きみだってそうじゃないか。わたしは金も地位も権力も称賛も欲しかった。魔物と黒魔術を操り、邪魔な人間は排除し、人の心をつかんできた。おかげですべて手に入れられた」

嘘だ。嘘だ。嘘だ。ローマンがそんな人間であるはずがない！

幼い頃から可愛がってくれたローマンの笑顔に、心の中で縋った。

「神官長さまに取り憑いた魔物！　姿を現せ！」

懐剣を抜き、叫んだ。魔物に操られているとしか考えられない。

ローマンはおかしそうに笑い、駄々っ子を諭すような口調で言った。

「わたしは自分の意志でこうしているんだよ。魔物は使役するもの。心身を乗っ取られるなど、二流以下の魔術師だ。先日もわたしが手塩にかけて黒魔術を教え込んだ神官が一人、魔物化してどうにもならなくなった。黒の森に追いやったから、縄張り意識の強い半魔が殺してくれたようだがね」

目を瞠(みは)った。

霧深い森の中で出会ったのは、ローマンが育てていた黒魔術使いだったのだ。

「黒魔術の有用性はきみもわかっているね？　だから覚えようと思ったんだろう？　わたしが教えてあげよう。魔物や人の動かし方や、権力の使い方も」

自分の中で崩れていくローマンを信じたくない。悲鳴のような声で否定した。

「おれは……、おれが手に入れたいのはそんな力じゃない……！　害を為(な)す魔物を倒せる……、人を助けるための力が欲しいんだ！」

「それも素晴らしい。素晴らしいよ、リヒト。決してきみを否定しているわけじゃない。わたしだって人々を、町を守っている。表から、裏から、ね。きみも魔物を利用しようじゃないか。大嫌いな魔物なら、どう扱っても惜しくないだろう？」

「神官長さま……」

心の中に、諦観が悲しみとともに満ちてくる。

黒魔術が神官長を変えたのか、もともと野心に満ちていた人だったのか、今となってはもうわからない。

わかっているのは、彼の心がすでに黒魔術に蝕(むしば)まれて真っ黒に染まっていることだけ。

きっとこれまでも神官の数が極端に減る満月の夜を狙って、祝祭殿で呪術を繰り返してきたのだろう。

リヒトは懐剣を握り直し、苦しい声を絞り出した。

「……呪術師嫌疑で拘束し、神殿に引き渡します」

黒魔術を使う、だけなら罪と断定はできない。人を害して初めて、黒魔術使いは罪になる。カウゼルを犯そうとした魔物が、ローマンが危険人物である証拠だ。そしてローマンの言葉が本当なら、これまでどれだけの人間を犠牲にしてきたのか。

「手荒な真似(まね)はしたくありません。どうか、おとなしく神殿に罪を告白してください」

懐剣を構えながら、変わらぬ笑みを浮かべるローマンに近づいていく。

手錠代わりに魔術で両手首を拘束しようと手を伸ばしたとき、なにかに体当たりされた。脇腹にずん！　と重い痛みが走る。

「な……」

見れば、大きなガラス片を握りしめたカウゼルが、無表情にリヒトを見上げていた。驚きのあまり、リヒトの思考が吹き飛んだ。

「カウ、ゼル……？」

鋭く熱い痛みが、ガラスとともにリヒトに突き刺さっている。ガラス片をつかんだカウゼルの手からも、ぼたぼたと赤い血が零れていた。

「く……っ」

カウゼルの指を開かせ、ガラスから手を離させる。距離を取ろうとし、後ろによろめいた。

声を出すのをためらうほど痛い。しかしガラス片を抜いたら大出血してしまうかもしれない。

こんな状況では、回復精霊も召喚できないだろう。自己回復するには傷が深すぎる。

カウゼルは意思のない瞳でリヒトを見つめている。そのカウゼルを、背後からローマンが抱きしめた。

「可愛いだろう？　きみの力になりたいと、とても熱心にわたしに訴えかけてきてね。ちょうど黒魔術にも興味を持っていたし、わたしの傀儡にするのは簡単だった。大丈夫、この子は殺さないよ。きみの親友だから。こうして抱いていれば、きみも迂闊な攻撃はできない。それにこの子は父親が貴族だから、将来的にも使いようはある」

リヒトの力になりたいと頑張ってくれた。それなのに、ローマンに利用されて。

激しい怒りに包み込まれた。

「許せない……！」

「許せない？　そんな怪我でどうするつもりだい？」

ローマンが笑みを深めた瞬間、背後からリヒトの手足になにかがぐるりと巻きついた。

「あ……っ！」

手から懐剣が叩き落とされ、宙へと吊り上げられる。引き攣った脇腹の痛みで、目の前がちかちかと瞬いた。

「う……」

身動きが取れない。痛みで視界が眩む。だがまだ……、まだ呪文なら唱えられる。爆発呪文はさっき見せてしまった。おそらく防御されるだろう。あと有効な魔術は……。

カウゼルの肩越しに、ローマンが笑みを深めた。

「おっと、魔術を使われてはいけないね」

リヒトに向かって指先を伸ばし、小声で呪文をつぶやく。

「ぁ……、ぅ……」

急にのどが縛りつけられたように苦しくなり、声が出せなくなる。

ローマンはリヒトの抵抗を奪ったことに安心し、ゆっくりと近づいてきた。上から下までリヒトを眺め、満足そうにうなずく。

「さて、どうやってわたしに従わせよう。きみのような子は、暴力ではなかなか屈しないと経験上わかっている。わたしがもう二十も若かったら、体から懐かせて洗脳するという手も使えたが……」

ローマンに抱かれる自分を想像したら、ぞっとした。

もし彼の裏の顔を知らなくても受け入れられない。今やローマンへの敬慕も粉々に砕けてしまったが、そもそも尊敬と恋愛は違う。自分が肌を重ねたいと思うのは――――。

（エンデ……！）

胸に下げた呼子笛を思い出した。ばかだ、早くエンデに応援を頼んでいれば。

なんとか笛を吹きたいのに、手を巻かれていて動かすことができない。

ローマンはリヒトを見ながら、楽しげに首を傾げる。

「命令でしか動けないような、意思を失くした人形にはしたくないんだよ。自分で考えて動ける、わたしの右腕になってもらわねば。恐怖と快楽、どちらがきみに向いているだろうね？その傷に卵を産みつけて、いつでも命を絶てるように体の中に魔物を飼わせようか。それとも、触手樹と淫魔をかけ合わせた魔物に犯させて快楽の虜にするか」

どちらもごめんだ。

きつい視線でローマンを睨みつければ、老獪な神官長は唇の両端を吊り上げた。

「いいね……、この状況でも怯えるより怒りが勝っている。それくらい気が強くないと、すぐに黒魔術に呑み込まれてしまうから」

ガラスが刺さった部分から、じんじんと痛みが広がっていく。早くここを出て、回復精霊を呼び出さなければ。でもどうやって？

ローマンはどこかうっとりとした表情で、リヒトを見る。

「ああ……、本当にきみは素晴らしい。ゆっくりと痛みと快楽を与えて心を折りたくなる。ぞくぞくするよ。きみみたいな子に膝をつかせて、わたしの命令に従わせるのは」

ローマンはリヒトに突き刺さるガラス片を指で挟み、傷口を広げるように上下させた。

「ぐ、ぁ……、っ！」

肉がえぐれ、溢れ出した血がズボンまで染める。痛みと出血で気が遠くなった。

ローマンはまるで慈悲深い老爺のように眉尻を下げた。

「痛そうだね、可哀想に。この出血では、じきに意識がなくなる。きみがわたしに従うと言えば、すぐにも降ろして手当てしてあげよう」

絶対に、絶対に従ったりしない。

ローマンは血に塗れた指で、リヒトの頬から顎までの輪郭をなぞった。

「こんなに零してもったいない。魔物に啜らせたら、さぞ喜んできみの言うことを聞いてくれるだろうにね。ほら、周りで蠢いている魔物たちが、きみの血をのどから手が出るほど欲しがってこちらを見ている。でも今はあげないよ。きみに使役されると困るから」

リヒトを拘束している魔物が、祝祭殿に潜む魔物たちが、よだれを垂らさんばかりにこちらを見ているのがわかる。いっそこいつらに血を分け与えて、この場を逆転できればいいのに！

ローマンは指を鳴らして使役魔を呼び寄せた。使役魔がカウゼルを後ろから抱き込んで手を取り、ナイフ状の鋭い腕を指に当てる。リヒトの顔が歪んだ。

「服従しやすくしてあげよう。きみがわたしに跪くまで、この子の指を一本ずつ斬り落とす」

このままでは、リヒトは失血して意識を失ってしまう。神官長はリヒトへの見せしめに躊躇なくカウゼルを傷つけるだろう。とにかく拘束を解くのが先決だ。笛さえ吹ければ……！

リヒトは諦めたふうを装って首を垂れる。切れ切れに声を絞り出した。

「や、め……。し……、か……、ちょう、さ、ま………」

リヒトを見て満足げな表情を浮かべながらも、ローマンは慎重に牽制する。

「きみが呪文を唱えようとすれば、友達の命はなくなるよ。魔術を使わないと約束するね？」

リヒトがうなずくと、のどがふっと軽くなった。

痛みと貧血で荒い息をつきながら、ローマンに訴える。

「カウゼルを……、手放してください……。おれは……、あなたに逆らいません……」

ローマンはにやりと笑った。

「いい子だ、リヒト。どちらにしろわたしの言うことを聞くしかないのだから、賢明だ。わたしは賢い子が好きだよ」

手さえ自由になれば、笛を咥えられる。手さえ……。

リヒトを拘束する魔物に手をかざしたローマンが、ふと気づいたように言う。

「そうそう。裏切られてはいけないから、解放する前に血の約束を結ぼうか。異論はないね？」

「っ……、それは……」

背中に汗が滲んだ。それでは手足が自由になっても、ローマンを倒せない。血の約束を破れば、リヒトに死が襲いかかる。

そうなったら、よくて相打ち。もしかしたらローマンを攻撃しようとした時点で命の火が消えるかもしれない。血の約束が効力を失うのは、どちらかが死んだとき。リヒトが死ねば、ローマンはまた自由にカウゼルを操れるようになる。傷つけることも、殺すことも。

（どうする……、どうすればいい……）

ローマンはゆったりと笑って、魔物に金の盃（さかずき）を持って来させた。リヒトの傷口から滴る血を受け止め、自分の指を魔術で傷つける。盃の中で二人の血が混じり合った。

「では、わたしから。血の約束において、わたしローマンは金輪際カウゼルを殺さず傷つけず支配せず、生涯わたしから解放することを誓う。破ればわたしの命でもって贖（あがな）う」

ローマンが言葉に魔力を乗せて宣誓すれば、盃の中の血がゆらりと動いて不気味に輝いた。

「さあ。きみの番だ、リヒト」

ごくりと息を呑んだ。どうすれば……。

唇を震わせたリヒトに、ローマンは重ねて要求した。

「リヒト。意識を失う前に宣誓をした方がいい。この子が傷ついてもいいのかい？」

宣誓するしかない。しなければ、拘束が解かれることもない。

虚ろな瞳のカウゼルを見つめ、視線を床に落としてからまぶたを閉じた。のろのろと宣言を口にする。

「…………わたし、リヒトは……、血の約束において……、決してローマン神官長に刃を向けず……、魔術を使わず、毒を盛らず、一切の攻撃をせず……、逆らわないことを誓います」

「生涯、という文言も入れてもらおうか」

きりっ……、と奥歯を噛んだ。

「……生涯、攻撃も反抗もいたしません。破ればわたしの命でもって贖います」

魔力を込めた二人の言葉に反応し、混じり合った血が輝いて二つの小さな珠になった。

ローマンが一つを飲み込み、もう一つをリヒトの口に持ってくる。

「飲んだら口を開いてわたしに見せなさい。……いいだろう」

リヒトの舌の裏まで確かめたローマンは、やっと納得したらしい。魔物に手をかざすと、リヒトの手足が自由になって床に投げ出された。

「つ……、う……」

痛みに目が眩んだとき、カウゼルの声が名を呼んだ。

「リヒト！」

ハッと顔を上げれば、真っ青な顔のカウゼルがリヒトに駆け寄って体を抱き起こした。

「リヒト、リヒト、ご、ごめんね……、ぼく……、なんてことを……っ、う、うう……」

カウゼルは泣きじゃくりながら、震える手で怖々とリヒトの傷を覆う。

「リヒトの、や、役に立ちたいと思ってたのに……」

「カウゼル……、わかってるから……」

心の底からホッとしたら、体から力が抜けた。

「リヒト！」

カウゼルの声が遠く聞こえる。今にも意識を失いそうだ。もはや呼吸すら重い。

傍らに立っていたローマンが片膝をつき、カウゼルの肩に手を置いた。

「美しい友情だね、リヒトはきみのために自分の身をわたしに捧げたんだ。どきなさい、手当てをするから」

ローマンは邪魔な動物でもあるかのように、震えたまま動かないカウゼルをじろりと横目で見た。

「いつまで裸でいるつもりだ。服を着なさい」

言われて初めて全裸だということに気づいた様子のカウゼルは、慌てて手で体を隠した。視線で服を探し、祭壇の下に落ちていた神官服を急いで身に着ける。

カウゼルからリヒトを奪ったローマンは、上機嫌な笑みを浮かべた。

「苦しかったね、すぐ傷を塞いであげよう。今後はわたしの手足となって、存分に働きなさい」

　もともと上級神官で回復魔術を扱うローマンは、精霊を呼び出さずとも魔力だけである程度の傷を塞ぐことができる。リヒトに刺さったガラス片をゆっくりと引き抜きながら、傷を癒合していった。やはり回復系の高等魔術では、神官長は抜きんでている。

　傷の痛みが引いていくと同時に、体が冷えきっていることに気づいた。夏だというのに、寒くてたまらない。

「傷は塞いであげたが、失血がひどいね。本当ならカウゼルの代わりに、魔物の伽（とぎ）をしてもらいたいところだが。きみならカウゼルよりずっと強力な魔物を呼び出せる。せっかく年に一度の特別な夜なのに残念だ」

　仕方ない、と言いながらローマンは立ち上がった。

「それは来年の楽しみに取っておくとしよう。それまでにきみをわたしの優秀な右腕に仕込む。ああ、楽しくなりそうだ」

　ローマンは浮かれた表情で、割れた天窓から月を見上げた。

（今だ！）

　シャツに隠れていた呼子笛を咥え、力いっぱい空気を送り込んだ。それだけで、大量の血を失ったリヒトの気が遠くなる。リヒトの耳には聞こえない音に、祝祭殿に蠢く魔物たちがビクッと体を震わせる気配があった。

「なにをした⁉」

異変に気づいたローマンが、リヒトの呼子笛を見て眉を寄せる。

「犬笛……？」

来る。

空気から伝わる。強力な魔物が気配を隠さず、まっすぐに祝祭殿へ。リヒトのもとへ。

ドンッ！

と中央神殿全体が揺れた。魔物たちが慌てふためき、壁の隅の暗がりへと逃げていく。

「なんだ……」

ローマンの口から呟きが漏れたとき、中央神殿から祝祭殿に続く重い扉が轟音とともに木っ端みじんに砕け散った。

銀色の光のように飛び込んできたエンデが、血塗れで床に手をつくリヒトを見て獣のような咆哮を上げる。エンデの魔力が爆発したように空気がびりびりと震え、圧死しそうな怒りの波動が祝祭殿を覆い尽くした。カウゼルも突き倒されたように頭を抱えて床に這いつくばる。

ローマンが瞠目し、感嘆の声を上げた。

「マレディクス……！　まさか、きみの使い魔なのか……！」

そんな名で呼んでほしくないと、こんなときなのに心をかすめる。

「リヒト！」

エンデの腕に抱かれたら、緊張の糸がふっと切れて目の前が真っ暗になった。

（まずい、意識を失う……）

まだ終わっていないのに。

カウゼルをここから出し……、魔物たちを、闇に、還し……、神官長……、を……――。

思考が遮断されかけた瞬間、熱い力の塊が唇から体の中に落ちてきた。力は一瞬でリヒトの中に広がり、瑞々（みずみず）しい熱が体中を駆け巡る。

「……エンデ……」

うっすら目を開くと、エンデはリヒトが意識を取り戻したことだけを確かめ、憤怒（ふんぬ）の表情でローマンを振り返った。

喜色に満ちたローマンの声が祝祭殿に響き渡る。

「精気の授受までしているのか！　そこまで心を許して懐かせているとは……、ははは、素晴らしいぞリヒト！　やはりきみは最高だ、マレディクスまで手に入るなんて。きみの家族を皆殺しにして手に入れた甲斐（かい）があったというものだ！」

一瞬、意味がわからなかった。

信じられない言葉に、呆然（ぼうぜん）としてオウムのように繰り返した。

「おれの……、家族、を……？」

ローマンの表情が、狂気の笑いに歪んで見えた。

「そうとも。きみには幼い頃から才能を感じていた。わたしのものにしたくて、魔物を操ってきみの家族を殺させた。そうとも知らず、わたしに信頼を寄せるきみが可愛くてね」

彼への信頼はとうに崩れていたけれど、さらに心をずたずたに引き裂かれた気がした。心臓をえぐられて、暗い穴に捨てられたような……。

ローマンを祖父とも師とも仰ぎ、感謝と尊敬を捧げてきた自分を思うと吐き気がした。

「人でなし……！」

腹の底から、怒りが湧き上がる。

ローマンは余裕たっぷりの表情でリヒトを睥睨（へいげい）した。

「わたしを殺したいかい？　無理だよ、血の約束があるからきみはわたしを攻撃できない。きみの使役魔であるマレディクスも同様……、っ！」

エンデが怒号とともに鋭い爪でローマンに襲いかかった。慎重なローマンは魔術で防御壁を張っていたらしく、エンデの爪は見えない障壁をえぐってぎりぎり胸をかすめただけだ。

ローマンは驚きに目を瞬かせたあと、顎を引いてリヒトを睨（ね）めつけた。

「なぜ……」

リヒトもローマンを睨み返す。

「攻撃できませんよ……、〝おれ〟はね。でもエンデは違う。彼はおれの使役魔じゃないから。

自分の意志で動く、人間だから……！」

たとえその体に魔物の血が色濃く反映されていようと。

彼の心は紛れもなく人間のもの。魔物なのは、ローマンの心の方だ。

いくらローマンが魔術で障壁を作ったとしても、エンデが力任せに削り続ければじきに打ち破れるだろう。

「よくも……！」

ローマンがわなわなと震え出す。こめかみに青筋を立て、力を込めた指先を閉じ開きした。

次の瞬間、血走った目をカッと見開いたローマンは、自分の右眼球をえぐり出した。

「……なにを、っ！」

ローマンは猟奇的な笑みを浮かべ、血の滴る眼球を魔物たちが蠢く祝祭殿の壁に向かって放り投げた。

とたん、地響きとともに中央神殿が震え出す。よく見れば、壁には魔術で開かれた扉があった。

「ここまで強力な魔物を呼び出す予定はなかったが……」

ローマンが苦々しげに言うと、扉の向こうから禍々（まがまが）しい瘴気（しょうき）が溢れ出してきた。エンデが全身の毛を逆立てた獣のように怒気を纏わせ、鋭い瞳で扉を注視する。

扉をくぐれるのが不思議なほどの大型の魔物が、のっそりと姿を現した。しかも二匹。

一匹は巨大な斧を持つ、成人男性の倍はあろうかという身の丈を持つ牛頭のミノタウロス。一匹は飢えたような涎を垂らしながら低い唸り声を響かせる、三つ頭を持つ犬ケルベロス。

ローマンが自分の右目と引き換えに魔物を召喚したのだと知り、背筋が凍った。

「マレディクスを失うのは惜しいが……、使えぬのなら致し方あるまい。殺せ！」

ローマンに命じられた二匹の魔物が、エンデに襲いかかる。前からはケルベロスが飛びかかり、後ろからはミノタウロスが斧を振り下ろした。エンデはすんでの距離で斧を躱し、ケルベロスの腹部に膝を叩き込む。斧で斬られた髪の先が満月の光に銀色に散った。

斧が祝祭殿の床に大きな亀裂を入れ、近くにいたカウゼルが「ひっ……！」と叫んで頭を抱える。

いけない、カウゼルを逃がさないと！

ローマンの言うことが正しければ、彼の使役魔である魔物はカウゼルを傷つけられない。けれど、このままでは意図せず戦いに巻き込まれてしまう。もし血の約束が発動してローマンが倒れたとしても、カウゼルまで命を落としては意味がない。

「カウゼル！　こっちへ！」

しかし床に這いつくばって背を丸めるカウゼルは、完全に硬直してしまっている。

ミノタウロスは、エンデに向かって横薙ぎに斧を振り回した。ぶぅん、と斧が空を切る音までが聞こえるほどの重さと速さで。

　エンデは祭壇を蹴り、宙に身を翻して斧を避けた。落下地点を狙って牙を剝いたケルベロスの頭に、空中で回転して踵を落とす。叫び声を上げたケルベロスの隣の頭がエンデの足に嚙みつこうとする。ぎりぎりで避けたエンデが、ミノタウロスの鎧のような筋肉を爪で引き裂いた。めまぐるしく展開し、目で追うのが精いっぱいだ。

　とても常人の動きではない。リヒトが魔術を使っても、この身体能力と動体視力には遠く及ばないだろう。加勢などしても足手まといになるだけだ。

「くそ……っ！」

　カウゼルに近づこうにも、間にミノタウロスがいる。ケルベロスも縦横無尽に走り回る。ローマンに動きを監視されているリヒト自身も警戒しなければならないのに、彼らを避けながらカウゼルを抱き上げられるか。

　ぎりっと奥歯を嚙んだとき、

「これはなにごとだ！」

　壊れた祝祭殿の扉から、ホレイショ副神官長を先頭に上級神官たちが駆け込んできた。

「副神官長さま！」

　もはや魔物の戦場となった祝祭殿を見て、上級神官たちが蒼白な顔で立ち止まった。

　神殿敷地内でこれだけ魔力を使って大騒ぎしているのだ、気づかれないはずはない。

　ローマンが一瞬気を取られた隙に、脱兎の勢いで飛び出したリヒトがカウゼルの服をつかんで持ち上げ、神官たちの方に放り投げた。

「ひゃっ！」

上級神官たちが数人で慌ててカウゼルを受け止める。数秒間だけ腕力を向上させた魔術は、いくら精気を補ってもらっても、直前に多大なダメージを受けたリヒトの体には負担だった。

足がもつれ、ミノタウロスの眼前に転げる。岩のような筋肉の塊が、ぎょろりとした目でリヒトを見下ろした。

危ない！

と思ったときは、鈍く光る斧が眼前に迫っていた。

（避けられない！）

頭蓋を真っ二つに叩き割られる映像が頭に浮かんだ瞬間、鋭い痛みとともに目の前に鮮血が散った。

「ぐぅ……っ！」

自分のものではない、重い呻き(うめき)が聞こえた。

リヒトの額にわずかにぶつかった斧は、そのまま眉間で止まっている。なにが起きたのか一瞬わからなかった。

「……エンデ！」

悲鳴を上げた。

ミノタウロスとリヒトの間に飛び込んだエンデが、自身の右腕で斧を受け止めている。エンデの右腕は、指の間から肘まで、ざっくりと縦に裂かれていた。

「う……、お…………、おおおおおぉぉぉぉぁぁぁ――…………っ、っ、っ‼！」

エンデの怒号が祝祭殿全体を震わせた。

その怒りはミノタウロスすら竦ませ、一歩後ろに下がらせる。リヒトでさえ硬直して動けなくなった。

エンデは自分の右腕に食い込む斧を左手でつかむ。と、ミノタウロスが斧を両手に持ち替えた。ミノタウロスの全身の筋肉がぶわりと膨らみ、渾身の力で斧を引き抜こうとしているのがわかる。

ミノタウロスは力を込めるあまりぶるぶると体を震わせるが、斧はびくともしない。

エンデの左腕に、蛇のような血管が盛り上がった。体から発する怒気と魔力が、炎のようにエンデを取り巻いてゆらゆらと揺れる。

「よくも……、リヒトを……ッ！」

エンデが叫び、左腕だけで力任せに斧を奪い取った。たたらを踏んだミノタウロスのこめかみを、ゴッ！　と音を立てて斧の背で殴りつける。

たまらず膝をついたミノタウロスの脳天に、深々と斧を食い込ませた。まるで、リヒトにそうしようとした罰のように。

「エ、エンデ……、腕が……」

肘まで二つに裂かれた右腕は、すでに使いものにならないだろう。だがまったく構う様子もなく、エンデは吠え声を上げてローマンに飛びかかった。

「わたしを守れぇぇっ、ケルベロス！」

蒼白になったローマンが叫ぶと、三つ頭の黒犬は横からエンデの脚に食らいついた。素早さなら、ミノタウロスよりケルベロスの方がずっと上だ。

しかしエンデはケルベロスを引きずったまま、ローマンにつかみかかろうとする。自分の肉体が損傷することに頓着していない。目標はローマンのみ。

（怒っている……、エンデが……）

目の前でリヒトを傷つけられたことに、我を忘れて怒り狂っている。満月の光に怒りが暴走し、元凶であるローマンを殺すことしか頭にない。

エンデは爪での物理的な攻撃に加え、次々に呪文を唱えて四方八方からローマンを攻撃する。爆発、火炎、雷、暴風、死の弾、呪詛——ありとあらゆる攻撃呪文がローマンに襲いかかった。

攻撃の余波が祝祭殿に広がり、それだけで数人の神官たちは耳を押さえて床に蹲った。障壁ががりがりと削られるほどの衝撃波が耳から入り、脳を揺さぶる。強力な魔術師が十人いても、これだけの魔力を伴う攻撃は到底できまい。

ローマンは持てる限りの魔力を尽くし、自身の障壁を防御魔術で強化する。かつては防御魔術の師として宮殿に呼ばれたほどのローマンだからこそ、かろうじて攻撃を防いでいる。だが反撃するほどの余裕はない。

「く……、来るな……っ！」

おおおおお……っ！　とエンデが魔力を解放する声が高まり、攻撃が重さを増していく。エンデを中心に強力な魔力が刃のように周囲のものを切り裂き、ケルベロスの皮膚がぼろぼろに剝がれていった。中央神殿全体が、地震のように揺れている。

もはや誰も近づける状態ではない。ローマンの障壁もいつまで保つか。

攻撃魔術は、体が接触していればほぼ防げない。ローマンはエンデにつかまれたら終わりだ。

エンデがじりじりとローマンに近づき、今にも触れようとしたとき――。

「止まれ、マレディクス！」

喧騒を貫くような声が響き、ばらばらと現れた戦闘精霊たちがエンデの周囲を取り囲んだ。

振り向けば、町に巡回に出ていた警護隊が戻ってきていた。神殿から急報を受けたのか、エンデが神殿に向かったのを見たのかはわからないが、攻撃に特化した神官たちが勢ぞろいしている。

しかしローマンしか目に入っていないエンデには、声は届いていないようだった。

「邪魔だ！」

近寄る戦闘精霊たちをまるで玩具のように左腕だけでなぎ倒し、うっとうしい虫を追い払うがごとく魔力を飛散させて精霊を操る神官たちをも攻撃する。精霊たちが倒れると同時に、呼び出した神官たちも弾かれたように壁に叩きつけられた。

ローマンが叫ぶ。

「誰か、マレディクスを止めてくれ！　もう保たない！」

いけない、これではエンデが一方的にローマンを襲おうとしているようにしか見えない！

このままでは、ローマンは罪もないのに殺されただけと思われてしまう。そしてエンデは敬虔な神官長を惨殺した凶悪な魔物。ローマンを拘束して調べれば、祝祭殿を隠れ蓑に魔物を呼び出していたことはすぐにわかるのに！

「エンデ！　エンデ、おれの声が聞こえるか⁉」

暴走状態のエンデには、リヒトの声も届かない。もうあと一歩踏み込めばローマンは爪で切り刻まれる、というところで、ローマンがリヒトを振り向いた。

「リヒトォ！」

ローマンの号令に飛び出したリヒトが、エンデとの間に身を躍らせる。今にもローマンを引き裂こうとしていたエンデの爪が、リヒトの鼻先でぴたりと止まった。

正面から見るエンデの瞳は、中心の赤い虹彩以外が黒く染まっていた。暴走した魔物の瞳だ。無理やり攻撃を止めて負担がかかったせいで、エンデの左腕がぶるぶると震えている。肩で大

きく息をつき、ローマンを焼き殺すような目を向けた。

「エンデ……」

理性を失っているように見えても、リヒトを傷つけない。彼の人間の部分がそんなところにも表れていて、胸が締めつけられる思いがした。

ローマンが低く笑い、背後からリヒトを抱き寄せて首筋に懐剣を当てた。

「下がれ、マレディクス。この子を殺されたくなければな」

エンデは低く唸り、じりっと後退する。エンデの脚に噛みついていたケルベロスは、すでに骨と肉片だけになってぶら下がっていた。

ローマンはリヒトとエンデにだけ聞こえるような小声で脅す。

「リヒトはわたしを裏切れない。わたしを攻撃することも。血の約束を交わしたからね」

そして入り口付近で立ちすくむ神官たちに、大きな声で指示を出した。

「マレディクスを拘束せよ！」

ハッとした神官たちが、慌てて縛縄の魔術によって、目に見えぬ縄でエンデを縛りつける。

無残に裂かれた右腕から、布に浸み込んだ水を搾るように血がぼたぼたと垂れ落ちた。

「乱暴にしないでください！」

叫んだリヒトののどに刃先を押し当てたローマンに、縛られたエンデが怒りの声を上げる。

「見ての通り、リヒトは黒魔術を使ってマレディクスを使役し、わたしを襲おうとした。非常に遺憾だよ、可愛がってきたリヒトが黒魔術に染まって……。やはりリヒトを縛りつけてでも行かせるべきではなかったのだな……」

リヒトの耳にはもはや演技がかってしか聞こえない。だが神官たちは敵意のある眼差しをリヒトとエンデに向けた。

「まさか、リヒトが……」

「あんなに目をかけてもらっていたのに、神官長さまを裏切るなんて……」

周囲の敵意に包まれそうになったとき、カウゼルが進み出た。

「待ってください！　リヒトはぼくを助けてくれたんです！　ぼくは……、ぼ、ぼくは……、神官長さまに、黒魔術を指導されて……」

ざわっ、と空気が揺れた。

リヒトの耳もとで、ち、とローマンの舌打ちの音が聞こえた。

「馬鹿なことを！　きみがリヒトの親友だということは全員が知っている。親友を庇いたい気持ちはわかるが、神聖なる神殿で嘘をつくことは許されない！」

どの口が言うのかと、詰りたくなる。しかし血の約束で行動を制限されているリヒトは、反論することができない。自分の命の火が突然消えれば、悪くすれば悪事が明るみに出て自害したと思われるだろう。

カウゼルは涙ながらに懇願する。

「う……、嘘じゃありません！　どうか……、どうか調べてください！　あのミノタウロスとケルベロスの死骸を調べていただければ、神官長さまが使役していたことがわかるはずです！　その証拠が神官長さまの右目です！」

ぴく、とローマンの手が震えた。

自身の体の一部を与えて使役した魔物や精霊には、その死骸に術者の痕跡が残る。体のどの部分を使ったのかも。ミノタウロスとケルベロスは、ローマンの右目を食ったはずだ。

ローマンは厳しい声で神官たちを叱責した。

「黒魔術使いの讒言に惑わされるな！　この目は魔物にえぐられたもの！　そこのマレディクスが他の魔物とわたしを奪い合って、仲間割れをしたのだ！」

ローマンが言いきってしまえば、そうとしか見えない状況だった。カウゼルは祈るように手を組んで床に膝をつき、副神官長に訴えかける。

「誓って嘘ではありません！　リヒトは神官長さまに操られたぼくを助けるため、神官長さまと血の約束を交わしました。ぼくを解放し、二度と傷つけないことを条件に。し、信じていただけないなら……、神官長さまの懐剣でぼくを傷つけてもらってください！　そうすれば真実だとわかっていただけます！」

ローマンが息を詰める気配があった。少しでもカウゼルを傷つければ、ローマンに血の約束が降りかかる。たとえ指先ひとつでも。

「きみたちはわたしと呪術師嫌疑のカウゼル、どちらの言うことを信じるのだ！　だいたい、血の約束を交わしたからといって黒魔術を使ったとは……」

「命を賭してお願い申し上げます！」

ローマンの言葉を遮って、カウゼルが叫んだ。

神官たちが不安な表情をしながら、カウゼルとローマンを交互に見る。

「どうか……、もし調べた結果、神官長さまが潔白であれば、ぼくの命をもって償います。ですからどうか、お調べください。この祝祭殿にも神官長さまご自身にも、黒魔術の残滓があるはずです」

「カウゼル……」

カウゼルの覚悟が胸に迫った。臆病で引っ込み思案なカウゼルが、リヒトを守るために勇気を出して戦っている。

「いい加減にしないか！　早く魔物たちの死体を片づけ、カウゼルとリヒト、そしてマレディクスを捕らえなさい！」

「お待ちください」

それまで成り行きを見守っていたホレイショが、カウゼルの手を取って立たせた。そしてローマンに向き直る。

「私の聞き間違いでなければ、先ほど神官長はケルベロスにご自分を守るよう命じられていました」

す、と場の空気が凍った。

そういえば、と思い出した。あのときのローマンはエンデの攻撃から身を守るのが精いっぱいで、無我夢中だったろう。

しかしあの喧騒と異常な状況の中で、冷静に声を拾っていたことに驚嘆する。

「……………きみの聞き間違いだ」

ホレイショはすべてを見透かすようにしばらくローマンの目を見つめ、

「そうでしたか。失礼いたしました」

頭を下げた。

ローマンの安堵が伝わったのもつかの間、顔を上げたホレイショが疑問を続けた。

「もういくつか。魔物の仲間割れは理解しますが、もしリヒトが使役者なのだとしたら、ミノタウロスが主人を殺そうとするのはおかしいのではないでしょうか」

誰しもがローマンを信じたいという空気に流されそうになっていたときに、ホレイショは冷静に場の状況を問う。

神官たちがざわつき始め、懐剣を握るローマンの手に青筋が立った。

「魔物の暴走だろう。今宵は特別な満月だ。使役者の手に負えなくなった魔物は、使役者自身を攻撃する」

「おっしゃる通りです。しかしマレディクスを含め、あれだけの強力な魔物を三体も使役するには、相応の代償が必要になるはずです。リヒトに出血の痕跡はありますが、目立った欠損は見当たりません。まだ魔術師としては未熟なリヒトが使うには、あれらは血だけで済むとは思えない魔物たちです。そもそも、リヒトがあなたを庇ったのはなぜですか？」

ホレイショの言葉に、神官たちがひそひそと囁き合い、うなずき合って同意を示す。

「……なにが言いたいのだね？」

次々に矛盾を指摘され、ぎりっ、とローマンが歯を噛みしめる音が聞こえた。

「明らかにせねばならぬ複数の疑問により、副神官長権限にて使役者の審議を行います。皆の者、ミノタウロスとケルベロスの遺骸を運び出し、マレディクスとリヒト、神官長を神殿へ！」

「待て！」

ローマンとリヒトを連れ出すために近づこうとしたホレイショが、足を止める。ホレイショは真っすぐローマンを見据え、静かな口調で尋ねた。

「調べられては、困ることでも？」

リヒトの背面にぴたりとくっついているローマンの体温が高い。荒くなる呼吸を必死で抑えている。

ローマンの体がぶるぶると震え、リヒトを抱く腕にぐっと力が籠もった。

「全員、動くな！」

　ローマンが叫び、リヒトの足がふわっと床から離れる。え？　と思ったときは、ばさりと視界を真っ黒な羽がかすめ、ローマンに抱かれたまま宙に浮かび上がっていた。

　リヒトの耳もとで、ぎゃはははははは！　と下品な声を上げて笑うのはローマンなのか。

「リヒトの体を乗っ取ってやる！　そうすればマレディクスもわたしに手出しできまい！　若い体を手に入れて、わたしは永遠に生き続ける！」

　ローマンは懐剣を投げ捨て、リヒトを落とさぬよう両腕で抱えている。

（魔物堕ち……！）

　ローマンはもう逃げ場がないと悟ったのか、黒い感情が限界を突破し、ついに魔物に堕ちた。リヒトを攫い、体を奪う気だ。割れた天窓から逃げようとしている。ぐんぐんと足もとが遠ざかっていった。

　ホレイショが厳しい表情でこちらを見上げ、神官たちに命じて叫ぶ。

「総員、リヒトの救出およびローマンの捕獲に向かう！　ローマンの生死問わず！　魔物堕ちを確認した現時点を以て、神殿の規則に則り神官長の地位を剝奪、破門とする！」

　その言葉を待っていた！

　夜空の下で自分をしっかりと抱くローマンの腕を、離れないようリヒトもつかむ。ローマンが喜悦の滲む声で囁いた。

「怖いのか？　落としはしないよ、大事なわたしの体だ。最初からこうしていればよかった。どうせきみはわたしに逆らえない。やさしくやさしく体を乗っ取ってやろう」

「誰が怖がってんだよ、クソ魔物！」

残っている力をすべて込め、ローマンに爆発呪文を叩き込んだ。ゲブォエッ！　とカエルが潰れるような声がして、リヒトの肩越しに大量の血が吐き出される。

「な……、ぜ……、わたしを……、こうげ、き、できない……、はず………」

疑問の声を最後に、ローマンの体は力を失った。

リヒトを抱く腕もだらりと垂れ下がり、ともに地上へと落下していく。

（あ、やべ、力入らねえ……）

エンデによって補われたわずかな力を使い果たし、もう手足に力も入らなかった。

巨大な月が視界を埋める。満月に包まれているような気持ちになって、月がきれいだな、と思った。

（エンデ……）

満月を見て思い出すのは、やっぱり愛しい半魔の顔。遠のく意識の中、エンデの幻に向かって腕を伸ばした。

Epilogue

リヒトが目覚めたのは、ローマンや祝祭殿の魔物たちの遺骸検分が終わり、火葬での浄化も済んだ後だった。

神殿のベッドで横になるリヒトを、報告を受けたホレイショが訪ねてきた。

「副神官長さま……」

起き上がろうとしたリヒトを手で制し、ホレイショはベッドの横の椅子に腰を掛ける。

「気分はどうだい?」

「おかげさまで……。悪くないです」

「それはよかった」

薬と粥をもらい、体はまだ重いが頭ははっきりしている。

「きみにはいろいろ聞かなければならないことがある」

「はい」

リヒトはホレイショに尋ねられるまま、順を追って質問に答えていった。自分が黒魔術の習得を志した理由、そのためにエンデに師事したこと、魔物の王などと言われているエンデが実際は人間を守っていたこと、リヒトも一緒に町の警護に出たこと。

ホレイショの話し方は高圧的でなく、むしろ人の心を開かせるような親しみやすい口調で、師に半魔を選んだところでは「きみらしいね」と笑って緊張をほぐしてくれた。

そして神殿で起こった一部始終を、疑うことなく聞いてくれた。遺骸検分やカウゼルの証言、ローマンの私室や祝祭殿の捜索の結果、リヒトの嫌疑は完全に晴れたようだ。カウゼルは神殿に所属していながら黒魔術に関わったとして、現在謹慎処分を受けているという。

「血の約束についてだが、きみはローマンを決して攻撃せず、逆らわないと誓ったんだね？　それなのに、どうして無事だったんだ？」

「約束の中にも一定の制限がかかるよう、とっさに文言を考えました」

エンデを呼んだときに彼には自由に戦ってもらえるよう、〝おれ〟は攻撃しないと。そしてあくまで〝逆らわない〟であって、積極的に従わず、彼の意を汲んで自分で動くことをしない。

そしていずれローマンが魔物に堕ちる確率は高いと踏んでいた。もちろん保証はなかったが。

「ローマン〝神官長〟に逆らわない、と誓ったんです。神官長でなくなったローマンを殺しても、血の約束は発動しません。だから、副神官長さまがローマンの破門を宣言してくれて助かりました。ありがとうございました」

ホレイショは深く息をつき、リヒトに感心した目を向けた。

「とっさにそこまで考えられるとは……」

「いえ、ローマンもおれの乱入は予定外で、完全に冷静ではなかったんだと思います」

リヒトは失血で気を失いかけていた。ローマンにしても、その前にリヒトを手に入れてしまいたくて焦っていたはずだ。そうでなければ、気づかれていたかもしれない。

「でも、おれの言うことをすべて信じてくれるんですか？」

「もちろん、カウゼルの証言、検分の結果も含めて判断しているよ。そもそも祝祭殿に到着した時点で、ローマンを怪しいと思っていたんだ。私と神官長しか出入りできない場所だし、儀式の時期とは離れているからね。ローマンの言動には特に注目していた」

あの時点でそこまで察していたとは、リヒトの方こそホレイショの慧眼に感心する。最初から疑っていたからこそ、ローマンの言葉や行動を見逃さなかったのだ。

「さて、今のところ今回の件について尋ねたいことは以上だ。きみの方から質問は？」

尋ねられ、目覚めたときから一番に聞きたかったことを口にした。

「エン……、マレディクス、は、どうなったんでしょうか」

ああ、とホレイショは目を細めた。

「ローマンとともに落下したきみを助けるため、縛縄の魔術を振り切ってね。きみを連れて逃げようとしていたんだが、カウゼルが引き留めたんだ」

「カウゼルが？」

ホレイショはうなずき、やさしくほほ笑んだ。

「今連れていかれたら、リヒトが不利になる。必ず疑いを晴らすから、どうかリヒトを置いていってくれとね」

　恐ろしい魔物と思っているであろうエンデに懇願するなんて、どれだけ勇気がいったことだろう。カウゼルの友情に、胸が熱くなる。

「結局、マレディクスはきみを置いて一人で森へ帰った。マレディクスが内心でかなり葛藤しているのがわかって驚いたよ。まるで人間のようだと」

「エンデは人間です」

　ホレイショは眉を上げてリヒトを見た。

「エンデ……、マレディクスの本当の名です。母親からもらった。確かに彼の外見は魔物です。能力も魔物のそれです。でも心は人間なんです。愛する人も、家族もいる」

　祈りを捧げる姿も、アンリエッテと仲のいい様子も、リヒトだけに見せる恋情と情熱も。だから。

「エンデを、恐れないでください……」

　どうか、どうか。誰よりも人間らしい彼を、受け入れて欲しい。

「それは難しいね」

　さらりと返されて、唇を噛んだ。どうやっても彼は魔物として恐れられるのか。

　ホレイショはほほ笑みを浮かべながら、リヒトの頭を撫でた。

「そんな顔をしないでくれ。いくら私たちが彼は悪人ではないと訴えても、人の意識はそんなにすぐに変わるものじゃない。だが少なくとも、私はもう彼を恐れない。カウゼルはどうだろうね。でもきっともう、恐ろしいだけの魔物だとは思っていないだろう。そうやって少しずつ、理解者を増やしていけばいいんじゃないかな」

「副神官長さま……」

じわじわとした感動が、胸に広がる。わかってくれる人がいることが、こんなにも嬉しい。ずっと迫害されてきたエンデに伝えたら、きっと自分の何十倍も何百倍も喜ぶだろう。

「ところでリヒト。神殿に戻ってくる気はないか?」

「え……。それは……、いずれは戻れたらと思ってますけど……」

しかし神殿にいては覚えられない魔術を、もっともっと吸収したい。今はまだ戻るときではない。

「おれ……、神殿で教えられた通りにすべての魔物や黒魔術が悪であるって、もうどうしても思えないんです。もちろん人間を害する魔物は敵です。でも呪術に使われなければ危険がない小さな魔物まで殺すのは、虐殺に思えて……」

森の中で見た、子を守るために牙を剝いた魔物はただの親だった。

エンデのように、魔物と認識されながら人間のために尽くす存在もいる。ローマンのように、人間でありながら人間を害する存在もいる。

「おれは……、おれがしたいことは魔物を殺すことじゃなくて、人間を守ることなんだってわかったから。そのために白魔術だけじゃなくて黒魔術も覚えたい。それは神殿にいたら叶わないでしょう？」

ホレイショは深くうなずき、背を正して椅子に座り直した。

「きみの言うことはよくわかる。ローマンのことは王都の大神殿にも報告され、大問題になるだろう。私も今回のことでいろいろ考えさせられた。今まで通り白は白、黒は黒では、いずれ立ち行かなくなるだろうと痛感した。実際、きみとマレディクス……、いや、エンデがいなかったら、どうなっていたことか」

あのままローマンを放置していたら、さらに被害は広がっただろう。

「おそらく、ローマン以外にも裏で黒魔術に通じている神官はいるに違いない。今回のことは氷山の一角に過ぎないと思っているよ」

ホレイショの懸念はもっともだ。さらに彼は続けてこう言った。

「これから王都の大神殿とも話し合うつもりだが、私は神官も黒魔術を覚えるべきだと思っている」

そう言い切ったホレイショに、驚いて目を丸くした。

まだ正神官ですらなかったリヒトだから追放だけで済んだが、さらに厳格な大神殿で、副神官長ともあろうものがそんな提案をしたら、異端者として捕まってしまうのではないか。

「危ないです、副神官長さま……！」

「きみにできて、私にできないとでも？」

自信たっぷりな表情で言うホレイショに、思わず目を瞬いた。

リヒトの顔を見て吹き出したホレイショは、笑いながら謝った。

「ごめんごめん、いや、このくらいの気概でいた方が人生上手(うま)くいく気がしているものだから」

他人にできて、自分にできないはずはない。その考え方は、リヒトの心に響くものがあった。

以前から感じていた通り、見た目より食えない人だと思う。いい意味で裏切られた、ということだが。

「おれ……、え、副神官長さま。おれもそれ真似したいです。おれ、誰よりも強くなるつもりなんで。っていうか、なる予定なんで」

今度はホレイショが目を瞬き、そして笑った。

「きみとはいい同僚になれそうだ。楽しみにしているよ、きみが最強の神官になる日を」

茶化されたのか激励されたのかわからないが、言葉通りに受け取っておこう。

「それでさっきの話だが、もちろん神官全員に黒魔術を教えようというのではない。心が染まりやすい者、欲望に負けそうな者には無理だ。一歩間違えれば、ローマンのように魔物堕ちしてしまう者もいるだろう。慎重に人を選び、正しく知識を身につけられるよう教育せねば」

リヒトもよくよく自分に言い聞かせるべきことだ。

「当分の間は秘密裏に、限られた神官の中でだけ黒魔術の訓練をしていくことになると思う。表立って公表できるのは、もしかしたら私たちが生きている間は無理かもしれない。だが神殿の未来のため、人々の平和のために必要なことだと信じている」

言い切るホレイショの口調は、彼なら必ずやり遂げると確信できる力強さだった。

「そのためにきみとエンデの力を借りたい。公に彼の存在を認めるわけにはいかないが、もし協力してもらえるなら、今後警護隊に彼を追わせないよう図らおう」

エンデが魔物として神殿に認知されなくなる？

それは、望外の取引だ。エンデは自由に町を、人々を守れるようになる。神殿の役に立つことができる。

「話してみます。いえ、もし渋っても説得します。おれ、ずっとエンデと一緒にいたいから」

ホレイショは面食らった顔をした。

「祝祭殿でも何度か思ったんだが……、もしかして、彼と恋仲だったりするのかな？」

面と向かって聞かれると恥ずかしいけれど、後から問題になるくらいなら最初から言っておく方がいい。

「はい」

「……堂々としているね。個人的には好ましいよ。だが表立って言わない方がいいね。特に神殿内では。もちろん、それで不都合があった際には私が全力できみたちを守る。あ、神殿内で不謹慎な行為はしないように。それは庇えない」

「しませんよ！」

さすがに顔が赤くなった。

ホレイショは、「若い子は可愛いね」といたずらっ子のように笑った。今回は完全に揶揄われたらしい。

ホレイショはやさしい目をして、真っ赤になったリヒトの顔を見つめる。

「きみがいなかったら、この流れは何年も先のことになっていたかもしれないね。礼を言うよ」

「お礼なんて……」

「きみが神殿を去ってから、私も自分なりに黒魔術について調べてみた。魔物の使役や呪術については悪しきものだが、悪とは思い難い実用的なものも多い。実際、昔の厳格な神官たちが、魔術に頼って楽をするのは怠惰だと禁欲的な意味で黒魔術に分類されたものも多々あるらしい。それらを有用に使うことで、生活が便利になるだろう」

便利、で思い出した。

「あ、それで言うと魔物でも生活に使える種類がいるんですよ。例えば火とかげ。あれ、一瞬でお風呂沸かせるんです。エンデの家で使ってて、めちゃくちゃ便利ですよ」

「それはいいことを聞いた。自室でこっそり飼うとしようか」

もし神殿の大きな浴槽を沸かすなら何匹いればいいだろうと考えたら、楽しくなった。いつかそんな日が来るといいと思いながら。


森の中の館は、朝日にきらきらと輝いてとてもきれいに見えた。

一週間ぶりだから表からノッカーを鳴らした方がいいだろうかとリヒトは一瞬考えたが、もしエンデが眠っていたら、起こしたら気の毒だ。

この時間ならアンリエッテがキッチンで朝食の後片づけをしているか、お茶を飲んでいる頃合いだ。キッチンに続く裏口のドアを、控えめにコンコンと叩く。

アンリエッテがドアを開け、ひょこりと顔を出した。

「リヒト!」

おはよう、とリヒトが言う前に、

「おかえりなさい」

アンリエッテが太陽のような笑顔で言った。じわり、と胸に温かいものが広がる。

「……ただいま」

口に出すとしっくり来た。リヒトの中で、もうここが自分の家なのだと染みついてしまっている。

一ヵ月過ごして、たった一週間留守にしただけなのに、とても長い間離れていた気がする。八年過ごした神殿も我が家のように思っていたが、すでにリヒトにとっては余所余所しさを感じる場所になっていた。

「エンデの怪我は？　すぐに戻れなくてごめん」

アンリエッテは唇を笑みの形にしたまま、「いいのよ」と首を横に振った。

「エンデは大丈夫。怪我よりリヒトの不在の方がずっとダメージよ、あの子にとっては」

安心して、少し笑ってしまった。

「でもやっぱりかなりの怪我だったしね。魔力もすっからかんだったし。丸二日はベッドだったわ」

リヒトを守るために怪我をしたのに、そばにいてやれなかったことが心苦しい。

「寝てる？　部屋に行っていい？」

「きっとリヒトが来たことも気づいてるはずよ。あの子、理性を失った姿をリヒトに見られたから、気まずくて顔を合わせづらいんだと思う。行ってあげて」

なんだよ。本当に可愛い奴。

二階の自室にいるエンデにも聞こえるよう、わざと足音を殺さずに階段を昇って行った。

「入るよ、エンデ」

声をかけ、ドアを開ける。

日中の明るい光が苦手なエンデは、厚いカーテンを閉めてベッドの上に座っていた。カーテンのすき間からや生地を通してなお入る光が、ぼんやりと室内を照らしている。

すでに暗視魔術も覚えた自分には、それでもエンデの姿ははっきりと見えた。

「お礼言うのが一週間またぎになってごめん。助けてくれてありがとうな。傷、どう？」

「……もう治っている」

小さな声で返事をしたエンデに近づき、右手を取る。わずかに裂かれた跡が残っているものの、傷はきれいにくっついて腕の機能も問題ないようだ。

「やっぱすごいな、回復力」

しばらくエンデの手の機能を見るために指を曲げたり伸ばしたりしてから、傷あとに唇を押し当てた。

「痛かったろ、ごめんな。もっと早くエンデ呼んでれば、あんなことにならなかったのに。おれ、絶対強くなるから。見放さないで、そばにいてほしい」

エンデの手がぴくりと動いた。

「まだ……、おまえに近づいていいのか？」

「なに言ってんだよ。弱くて迷惑ばっかかけて、見捨てられんじゃないかって思ってんの、おれの方なんだけど」

　エンデはぶるっと身震いすると、手を取っていたリヒトを逆に引き寄せて力強く抱きしめた。リヒトの肩に額をうずめ、苦しげに声を絞り出す。

「もう……、帰ってこないかと思った……」

　エンデの心臓がどくどくと激しく鳴っている。エンデはどれほど不安だったのだろう。小さな子どもみたいで、愛おしくて髪にキスをした。

　一週間、互いに連絡を取る術もなく、エンデはどれほど不安だったのだろう。

　エンデは顔を上げると、ミノタウロスの斧でついたリヒトの額の傷を指でそっとなぞった。骨には達していないが、痕は薄く残るだろう。一生消えない傷は、エンデが身を挺して自分を守ってくれた証になる。

「許せなかった。おまえを殺そうとしたことだけでも許せないのに、守り切れなかった自分にも腹が立った」

「過保護だな。おれも一応戦闘系目指してんだけど」

　そういえば、霧の森でも怒っていたと思い出す。エンデの言葉を借りれば、リヒトが怪我をすることを防げなかったエンデ自身に腹を立てていたことになる。

　リヒトにかすり傷がつくたびに激怒するのだろうかと思ったら、嬉しくて幸せで笑みが零れた。それじゃ先が思いやられるけど、気持ちが嬉しい。

エンデを抱きしめれば、長い銀色の髪が鼻先をくすぐった。目を閉じて、エンデの匂いを吸い込む。

「エンデ。おれ、いっぱい話したいことあるんだよ。二人のこれからについてとかさ。あ、悲観的に取るなよ？　エンデすぐ悪い方に考えるんだから。明るくて楽しい未来だから、期待しとけ」

「明るくて楽しい……？」

知らない単語を聞いたように繰り返され、そんな未来を早く見せてやりたくなった。

「エンデはもう神殿に追われない。なあ、信じられるか？　おれとエンデのこと、公にじゃないけど、副神官長さまにも認めてもらったんだ」

顔を上げてリヒトを見たエンデが、なにを聞いたかわからないという表情をするのが可愛くて愛おしい。

「もしかしたらだけど、エンデは神官たちに黒魔術の指導ができるかもしれないぜ。裏でだけどさ。あ、あとカウゼルが、エンデにお礼言いたいって」

エンデの瞳が見開かれていく。

言いながら跳ね回りたいほど嬉しくなる。

「副神官長さまはエンデの回復力桁違いの体質に興味津々だったし、それから、それから……、とにかく、エンデの未来は明るいんだ。人間と共存できるんだよ」

「共存……」

エンデが呆然(ぼうぜん)と繰り返す。

「そうだよ。でもエンデはどうしたい？　おれたちが押しつけるんじゃなくて、エンデがしたいこととすり合わせていかないと」

「俺は……」

エンデは眩しいものを見るように目を細め、リヒトの手を取った。

「おまえの隣にいたい。人間の役に立ちたい」

じゃあ、求めるものは同じだ。

ニッと笑って、握られたままエンデの手を引いた。

「よし、来いよエンデ！　一緒に行こうぜ、ぴっかぴかの未来に！」

世界中の、未来も含めての誰かにできることで、おれにできないことなんかない。だからおれは誰よりも強くなるし、エンデとの幸せな未来も手に入れる。

「おれ今、めちゃくちゃわくわくしてんだよ。それで、すっげえエンデ欲しいんだけど」

雰囲気を作って駆け引きを楽しんで、なんて自分にもエンデにもできない。素直に口にした方が相手も安心だろ？　と思ってしまう。

欲しいものを我慢しない。したいように振る舞う。エンデが嫌じゃなきゃ、の話だが。

「リヒト」

熱い息とともに唇を噛んできたエンデを受け入れ、すぐに深いキスへと移行する。

エンデはまるでのどが渇いた獣が水を欲するように、リヒトのひとしずくも逃すまいと激しく口腔を貪る。リヒトの体はたちまちとろりとした甘い媚薬に包まれた。

「は……、あ、エンデ……」

これは魔術というより、エンデの体質なのだ。わざと魔術を使われるなら拒否するところだが、勝手にそうなってしまうのなら仕方がない。むしろ「得した」と思える性格でよかった。

痛いより気持ちいい方が断然いいに決まっている。

キスをしながら服の上から互いの体をまさぐり合って、シャツをたくし上げて手を差し入れ、熱い肌を撫で回す。エンデの手も熱い。

もっともっと肌を密着させたくて、キスの合間に囁いた。

「脱げよ……。もっと触りたいし、触られたい」

唇がくっつく魔術でも使っているように、キスをしながら不自由に、でも少しでも早くと気忙しく脱ぐ。

シャツを脱ぎ捨てるときに一瞬唇が離れては、再び重ねたときにより深く貪る。舌を絡めながら互いのズボンを脱がせ合って、全裸になってベッドにもつれ込んだ。

重なる素肌が燃えるように熱い。ぶつかった性器同士が、二人の興奮を伝えてくる。

ベッドに仰向けに倒したエンデに跨り、離れたがらない唇を無理やり離して近くで顔を覗き込んだ。息が上がるくらいキスをして、濡れた唇が色っぽい。

「なあ……、おれにも抱かせて……?」

エンデの頬を包んだ手のひらを、首筋に滑らせた。盛り上がった肩と胸の筋肉を楽しみ、ブロンズ色の肌に芽吹いた小さな突起を指でつまむ。

「おれだって男だし、好きな人には挿れたいって思うよ。エンデのこと抱きたいって言ったら、抱かせてくれる?」

「おまえがそうしたいなら、いつでも」

意外なことを聞いたというふうでもなく当たり前のように受け入れられて、ぷは、と笑ってしまった。

「エンデならそう言ってくれると思ってた」

愛情深い彼なら、リヒトの要求を断らない。

幸せだなぁ、と思う。すごく愛されている。エンデの愛情表現はストレートだから、自分もまっすぐ伝えたくなる。

額を合わせてから、ちゅ、と唇を啄んだ。

「嬉しいよ。今はそう言ってくれただけで充分。正直、エンデほど気持ちよくしてやれる自信ないし。でもさ、いつかおれが最強になったら……、あんたより強くなったら抱きに行く。それまでは……」

エンデの首を片手でつかみ、上体を起こして上からエンデを見下ろした。

頸動脈をどくどくと流れる生命の潮を指に感じる。今なら簡単に殺せる。それをリヒトに許しているエンデに、どうしようもなく独占欲が湧いた。

こいつはおれのものだ。おれにだけ生死の決定を預け、その強靭な体を好きにさせる。

「動くなよ……？　今日はおれが動くから」

エンデの従順にぞくぞくして、欲情が背筋を這い上がった。

跨った腰の間で性器同士が重なっている。それをすり合わせながら、腰を前後に動かした。

「あ……、すげ、熱い……。気持ちいいよ、エンデ……」

こすれ合う硬い肉棒と対照的な、ふっくらとやわらかい種袋の感触。草のような下生えがさりさりと音を立て、とてつもなくいやらしいことをしている気になって興奮した。

「このまま出ちゃいそう……、一回、出していい……？」

「おまえの達する顔が見たい」

は、と息を零しながら笑った。

「エンデ、やらし……」

恥ずかしいけれど、抵抗なんかない。エンデが見たいのだから。

体を上にずらして顔の横に手を着き、エンデから見やすいよう顔が真上に来るようにした。

「……ぁ、……あ、あ、あ、エンデ……、好きだ……」

自分もエンデの顔を見下ろせる。

エンデの硬い陰茎の裏筋に、自分の会陰と後孔をこすりつけた。中を穿たれるのとも直接性器を握り込むのとも違う、腰がきゅんきゅんと絞られるような快感の波が上がってくる。

「は……、あ……、ぁ、ぁ、ぁ……っ、いい………」

これじゃエンデを使っての自慰と同じだ。でも気持ちよくて腰の動きを止められない。

半開きで吐息を零すリヒトの唇を、エンデが親指でなぞった。目を細めてリヒトの痴態を眺めている。

自分に夢中にさせたくて、溺れて欲しくて、エンデの指に舌を這わせた。ぴくん、とエンデのまつ毛が震える。

口を開いたまま舌を伸ばし、爪の先や指の側面を濡らしていく。

（おれ、やらしい顔してる……）

もの欲しそうに見えているに違いない。エンデの指がリヒトの唾液で濡れ、唇をなぞる指が滑る。

「んんっ、んぁ……、あ、もう……、でる……っ！」

エンデのブロンズ色の肌を、白濁したリヒトの精が腰の動きに合わせて数度に亘って汚していく。きれいなものを自分勝手に汚す征服感に、くらくらするほど感じた。

は、は、と荒い息をつきながらエンデを見下ろすと、肘をついて上体を起こしリヒトにキス

をした。濡れた唇の感触に、また先端からとろりと残滓が零れる。

「きれいだった、リヒト」

そんなわけないだろ、と思ったが、エンデの目にきれいに映っているなら、それでいい。胸が疼くような喜びが自分を満たしている。

摩擦された肉襞が、穿たれたがってひくひく蠢いている。

「香油、まだ置いてある？」

前回体をつなげたとき、エンデは無限のような体力でリヒトを求めた。複数回求められればさすがに舌で潤されるのは抵抗があり、潤滑剤代わりに風呂上がりに使う香油を用意した。直截で色気もなにもないが、残りは瓶ごと枕の下に突っ込んだはずだ。

リヒトを味わいたそうな顔をするエンデに、先に釘を刺す。

「舐めたいって言うなよ？　言っただろ、今すげえ欲しいんだよエンデのこと」

リヒトの危機に駆けつけてくれた、あのときのエンデを神殿でも何度も思い出して、そのたび愛しさで身悶えた。腕を裂かれるような大けがをしたくせに、リヒトのことばかり心配する。リヒトを愛していると、全身で伝えてくれた。

この一週間は不安で寂しい思いをさせただろうと思うと、全力で愛して払拭したくなる。

「今日はおれに、あんたを愛させて」

自分の指で中まで香油を塗り込め、エンデの雄を手で支えて肉襞に当てがった。

「ん……、く……」

きついと思ったのは最初だけで、リヒトを欲する熱の塊を愛おしいと思ったら、受け入れたがる体はゆっくりと全体を呑み込んでいった。

エンデの雄は長大で、何度も腰を上下させて少しずつ深くする。彼の体質のせいか痛いより快感が強くて、ともすればまた勝手に一人でいいところに当てて達してしまいそうだ。

「……すご……、奥までくる……」

腹の奥が熱い。

腰を前後させて咥え込んだエンデの雄を揺らせば、リヒトの中でぐぐっとまた体積を増やす。自分の内側がとろとろに熱くなって、締めつけたエンデの精を飲み干したがっている。中に出して欲しい。

膝と腿に力を入れ、腰を持ち上げた。熱塊に吸着したリヒトの粘膜で茎を舐め味わうように、ゆっくり上下する。

徐々に動きを速くしていくと、あっという間に快感に夢中になった。

「ああ……、あ……、いい……、きもちい……、あ、あ、ここ、いい………っ」

エンデの硬い腹に手を置いて、夢中で腰を動かす。

反り返ったエンデの雄の先端に、リヒトの快楽の源をこすり当てた。エンデの腹筋に力が入り、見事な筋肉の凹凸が深くなる。

（エンデも感じてる……）

　リヒトが腿に力を入れているせいで、雄を咥え込む力が強い。密着感に恍惚となる。エンデを見れば、快楽に眉を寄せていた。感じさせているのだ、自分が。

　そう思ったら、ぞくぞくするような支配欲がせり上がってきた。

　エンデの顔の横に手をつき、顔を覗き込む。ぐるりと腰を回して、エンデが熱い息を零す様を眺めた。

「めちゃくちゃ気持ちいいよ、エンデ……。なあ、あんたも気持ちいい……？」

「ああ……」

　もの足りなくて、淫道でぎゅっとエンデを締めつけた。

「ああ、じゃなくてさ……。聞きたいんだよ、あんたの口から……、気持ちいいって……」

　エンデはリヒトの頬を撫で、愛しげに目を細めた。

「とても気持ちいい、リヒト……」

　華やかな喜びと満足感がリヒトを満たした。

　いつか抱かせて、とエンデには言ったけれど、今エンデの雄の象徴を自ら受け入れて、温めて、快感を与えているのは自分の方だ。

　包み込んでいるのがリヒトなら、自分が抱いていると言ってもいいのではないか？　いや、挿れているのがどっちだというのは関係ない。

ただ愛し合っている。そう思う。

好き、よりも深い気持ちが盛り上がり、

「愛してるよ、エンデ……」

勝手に唇から言葉が零れた。エンデが目を見開く。

突然がばっと起き上がったエンデにきつく抱きしめられ、体の中心を快感の雷が貫いた。

「あ……っ!」

「愛している……!　愛している、リヒト……!」

「や、あ、まて……、あっ!　あああぁぁぁ……っ!」

めちゃくちゃに突き上げられ、快感と幸福が嵐みたいに襲いかかる。深い場所に熱が広がると同時に、眩しいほどの魔力に包まれて頭の中が白く弾けた。


「リヒト……?」

ぼんやりとしていた意識が、ふっと浮上する。

エンデのアイスブルーの瞳が、心配そうにリヒトを覗き込んでいた。

「え……、あ………、あ、わかった……、魔力酔いだ、これ………」

初めて体をつなげた後も、こんなふうに一瞬意識を飛ばしてしまった。身の内はエンデの魔力で溢れるほど満たされている。エンデの体液を受け止めて、酔ったというより、いきなり吸収しすぎて中（あた）ったという方が近いかもしれない。

「でも、きもちいー……」

体も頭もふわふわする。エンデで満たされている。

エンデにくっつきたくなって、両頬を手で包んで引き寄せた。キスをして、満足して首に腕を回して抱きしめる。

「愛してる」

「なに？」

耳もとで囁くと、エンデはぴくりと動いて体を離し、リヒトの目を覗いた。

「いや……、こんな化け物を愛してくれるのかと……」

「おれの恋人の悪口言わないでもらえる？　本人でも腹立つんだけど」

エンデは目を開き、生まれて初めて聞いた言葉のようにつぶやいた。

「恋人……、なのか？」

「え？」

まさか、恋人だと思われていなかった？

思わずエンデの肩を押して距離を取り、まじまじと顔を見つめる。

「え……、ちょっと待て、衝撃なんだけど！　じゃ、あんたおれのことなんだと思ってんの？」

体だけの関係のつもりだったとか？

「……俺のような半魔が、そんなふうに図々しく思っていいのかと……。あんな、人間とは思えない醜態まで見せたのに……」

開いた口が塞がらない。

いくら人間に嫌われてきたとはいえ、ここまで卑下するか。

「自己評価低すぎだろ、エンデ……」

恋人……、と嬉しそうにつぶやいたエンデを見ていたら、じわじわと笑いがこみ上げてきた。

あんなに強くて、こんなにきれいで、性格も可愛いのに。いや、最後のは自分とアンリエッテの欲目だけれど。

ぷ、と吹き出してエンデの首を引き寄せて額同士をぶつけた。

「言ったろ。明るくて楽しい未来が待ってんだよ、おれたちには。だから自信持って、堂々としていこうぜ」

かすかにほほ笑んだエンデの顔を見て、「エンデを爆笑させる」という目標がまた一つ、自分の中にできた。

あとがき

はじめまして。もしくはこんにちは、だと嬉しいです。かわい恋です。

このたびは『おれが殺す愛しい半魔へ』をお手に取っていただき、ありがとうございました。

キャラ文庫様では三冊目の本になります。

私にしては珍しく、体から始まらないＢＬ……！　と言うとびっくりされる方もいるかもしれませんね。

自分比ではいつもよりページ数もあるので、そのぶんじっくり主人公のリヒトというキャラクターが書けたと思います。普段はかわいこちゃん受け、中性的な美人受けを書くことが多いので、今回の〝男の子〟なリヒトは私にとっても新鮮で楽しいキャラでした。

基本は明るく活発で一本気、成績はいいけど極端な発想をしちゃうし動いちゃう、実はおバカ……？　と思えるところも気に入っています。友情にも愛情にも篤い子です。

対して攻めのマレディクスことエンデ。リヒトにすごく冷たく接してますけど、内心は「人間と話しちゃった……」とドキドキしてるんじゃないかと思います。なんせ百年ＤＴ半魔ですから！　館に押しかけられたのも嬉し恥ずかしだったのでは？

なんて思って楽しんでいます。エンデ、最後まで読んでからまた読み直したら、可愛い性格だと思いませんか？

　さてさて、今回も担当様には大変お世話になりました！　副神官長のキャラを一緒に練ってくださったり、的確なアドバイスをくださったり、おかげさまで素敵な作品になったと思います。ありがとうございました。今後ともどうぞよろしくお願いします。

　みずかねりょう先生、美しいキャラクターをありがとうございました。ラフのエンデが素晴らしくかっこよくて、妄想がめちゃくちゃ捗りました！　リヒトとの絡みのイラストを楽しみにしています！　頭の中、みずかね先生の描く彼らの妄想でいっぱいです。

　そして読者様、いつも本当にありがとうございます。今年で十周年を迎えることができました。途中ブランクはありましたが、こうしてまた書かせていただけているのも、応援くださる皆様のおかげと深く感謝しています。

　X（旧Twitter）ではプレゼント企画やSSなどご案内してるので、よかったら覗いてみてくださいね。ご感想もお気軽にお聞かせいただけると嬉しいです。もし作品名でハッシュタグをつけて呟いていただけたら、全力で拾いに行きますので！

　ではでは、また十五年、二十年と迎えられるよう頑張りますので、ぜひおつき合いください。

かわい恋

X（Twitter）：@kawaiko_love

この本を読んでのご意見、ご感想を編集部までお寄せください。

《あて先》〒141-8202 東京都品川区上大崎3-1-1 徳間書店 キャラ編集部気付
「おれが殺す愛しい半魔へ」係

【読者アンケートフォーム】

QRコードより作品の感想・アンケートをお送り頂けます。

Chara公式サイト http://www.chara-info.net/

■初出一覧
おれが殺す愛しい半魔へ……書き下ろし

おれが殺す愛しい半魔へ

2024年6月30日　初刷

著者　かわい恋
発行者　松下俊也
発行所　株式会社徳間書店
〒141-8202　東京都品川区上大崎3-1-1
電話　049-293-5521（販売部）
03-5403-4348（編集部）
振替　00140-0-44392

【キャラ文庫】

印刷・製本　図書印刷株式会社
カバー・口絵　近代美術株式会社
デザイン　モンマ蚕（ムシカゴグラフィクス）

ISBN978-4-19-901137-5

かわい恋の本

好評発売中

「異世界で保護竜カフェはじめました」

イラスト✦夏河シオリ

空には竜が飛び交い、城にいる小鳥や猫の話す言葉がわかる!?　その上、この先の未来の出来事までわかってしまう——トラックに撥ねられた勇利(ゆうり)が目覚めたのは、幼い頃読んだ絵本の世界!!　なぜか「神子」と崇められ、王子の番(つがい)にされてしまう。大好きな絵本の王子様・ジュリアンは、無口で堅物——けれど大の竜好き!!　「竜と会話できるなんて、素晴らしい能力だ」と熱い眼差しを向けてきて!?

かわい恋の本

好評発売中

[王と獣騎士の聖約]

イラスト✦小椋ムク

たかが隣国との親善試合、けれど負ければ民も領土も奪われてしまう──。雌雄を決する試合直前、頼みの騎士に逃げられ、命運尽きかけた若き王・ユリウス。家臣の大反対を押し切り、唯一の望みを賭けたのは、最強の魔獣──同族喰いとして忌み嫌われる、黒獅子の始祖だった!!「俺の力が欲しければ、お前の精気を喰わせろ」危急存亡の時、屈辱を呑んだユリウスは、穢れた獣と契約を交わして!?

投稿小説 大募集

『楽しい』『感動的な』『心に残る』『新しい』小説——
みなさんが本当に読みたいと思っているのは、
どんな物語ですか？
みずみずしい感覚の小説をお待ちしています！

応募のきまり

応募資格

商業誌に未発表のオリジナル作品であれば、制限はありません。他社でデビューしている方でもOKです。

枚数／書式

20字×20行で50～300枚程度。手書きは不可です。原稿は全て縦書きにしてください。また、800字前後の粗筋紹介をつけてください。

注意

❶原稿はクリップなどで右上を綴じ、各ページに通し番号を入れてください。また、次の事柄を1枚目に明記して下さい。
（作品タイトル、総枚数、投稿日、ペンネーム、本名、住所、電話番号、職業・学校名、年齢、投稿・受賞歴）
❷原稿は返却しませんので、必要な方はコピーをとってください。
❸締め切りは特別に定めません。採用の方にのみ、原稿到着から3ヶ月以内に編集部から連絡させていただきます。また、有望な方には編集部からの講評をお送りします。(返信用切手は不要です)
❹選考についての電話でのお問い合わせは受け付けできませんので、ご遠慮ください。
❺ご記入いただいた個人情報は、当企画の目的以外での利用はいたしません。

あて先

〒141-8202　東京都品川区上大崎3-1-1
徳間書店　Chara編集部　投稿小説係

投稿イラスト 大募集

キャラ文庫を読んでイメージが浮かんだシーンを、
イラストにしてお送り下さい。
キャラ文庫、『Chara』『Chara Selection』『小説Chara』などで
活躍してみませんか？

応募のきまり

応募資格

応募資格はいっさい問いません。マンガ家＆イラストレーターとしてデビューしている方でもOKです。

枚数／内容

❶イラストの対象となる小説は『キャラ文庫』及び『Chara、Chara Selection、小説Charaにこれまで掲載された小説』に限ります。
❷カラーイラスト1点、モノクロイラスト3点の合計4点をお送りください。カラーは作品全体のイメージを、モノクロは背景やキャラクターの動きのわかるシーンを選ぶこと(裏にそのシーンのページ数を明記)。
❸用紙サイズはA4以内。使用画材は自由。データ原稿の際は、プリントアウトしたものをお送りください。

注意

❶カラーイラストの裏に、次の内容を明記してください。
(小説タイトル、投稿日、ペンネーム、本名、住所、電話番号、職業・学校名、年齢、投稿・受賞歴、返却の要・不要)
❷原稿返却希望の方は、切手を貼った返却用封筒を同封してください。封筒のない原稿は編集部で処分します。返却は応募から1ヶ月前後。
❸締め切りは特別に定めません。採用の方にのみ、編集部から連絡させていただきます。また、有望な方には編集部から講評をお送りします。選考結果の電話でのお問い合わせはご遠慮ください。
❹ご記入いただいた個人情報は、当企画の目的以外での利用はいたしません。

あて先

〒141-8202 東京都品川区上大崎3-1-1
徳間書店 Chara編集部 投稿イラスト係